學
經典名作

羅密歐與茱麗葉

ROMEO AND JULIET
WILLIAM SHAKESPEARE

威廉・莎士比亞 著
劉清彥 譯

本書簡介

《羅密歐與茱麗葉》（*Romeo and Juliet*）是威廉·莎士比亞著名愛情悲劇名作，因其知名度而常被誤稱爲莎翁四大悲劇之一（實爲《馬克白》、《奧賽羅》、《李爾王》及《哈姆雷特》）。戲劇講述了兩位青年男女相戀，卻因家族仇恨而遭不幸，最終兩家和好的故事。戲劇在莎士比亞年代頗爲流行，並與《哈姆雷特》一起成爲最常上演的戲劇。今天，戲劇主角被認爲是青年戀人的典型。

羅密歐與茱麗葉屬於傳統戀愛悲劇，其背景可以追溯至古代。戲劇基於義大利的故事，在一五六二年被亞瑟·布魯克翻譯爲《羅密歐斯與茱麗葉的悲劇歷史》，並在一五六七年被威廉·品特用散文的方式改寫爲《歡愉宮殿》。莎士比亞從兩者中獲取了大量靈感，並在此基礎上進行了拓展，加入了配角，如巴里斯、麥丘提歐等。戲劇於一五九七年第一次出版，並被認爲寫於一五九一到一五九五年間。戲劇文字版品質低劣，之後幾經修訂，達到了莎士比亞戲劇的品質標準。

莎士比亞使用了富有詩意的戲劇結構，特別是將戲劇在喜劇和悲劇之間來回切換，增進了緊張氣氛。他增強了配角作用，並使用次要劇情來潤澤故事。戲劇因不同的角色而體現出不同的風格，有時因角色的成長而隨之改變。例如，羅密歐隨著戲劇的發展而運用了更多的十四行詩。

《羅密歐與茱麗葉》被多次改編，在劇場、銀幕、音樂劇中上演。

故事大綱

蒙特鳩和凱普雷特是維洛那城的兩大家族，但兩個家族是世仇。戲劇的一開始，兩家僕衆就當街鬧事。伊斯卡勒斯親王出面制止，並稱混亂製造者罪該　當死。之後，巴里斯伯爵向凱普雷特提親，但凱普雷特要求巴里斯伯爵再等兩年（之後同意將茱麗葉許配給伯爵）並邀請他參加舞會。凱普雷特夫人和乳媼則試圖說服茱麗葉接受伯爵的求愛。羅密歐因爲意外殺了茱麗葉的表哥而遭到流放。最後二人爲了在一起，茱麗葉先服假毒，計劃醒來後就和羅密歐私奔。但因爲負責告訴羅密歐茱麗葉假死消息的人未能及時傳信，令羅密歐因爲不願獨生而自殺。茱麗葉醒來發現羅密歐自盡，也相繼自盡。故事以兩個家族的和好結束。

關於愛情

戲劇《羅密歐與茱麗葉》中，除了愛情以外，被認爲是缺乏統一主題的。羅密歐與茱麗葉已經成爲青年戀人和被毀滅的象徵。這是戲劇最明顯的主題，許多學者都嘗試著發掘浪漫背後的語言與歷史背景。

在第一次會面時，羅密歐與茱麗葉使用了莎士比亞時代所推薦的禮節：暗喻。通過使用聖徒和罪的暗喻，羅密歐可以婉轉地探知茱麗葉對自己的感情，並避免尷尬。這種方式被巴爾達薩雷·卡斯蒂利奧內所推崇。他指出，如果一位男士在邀請上使用暗喻，女士若想拒絕，可以裝糊塗，前者可以不失顏面地全身而退。茱麗葉也在暗喻上下了功夫，並對此做出了發展。宗教詞彙如「聖地」、「清教徒」、「聖徒」在當時是十分時尚的詞彙，被理解爲浪漫的用法而非褻瀆，而聖徒則與早期天主教密切相連。布魯克的《羅密歐斯與茱麗葉》中使用了包含對基督復活的暗喻；在之後的劇本中，莎士比亞則將這種大膽的手法去除了。

在之後的陽台一幕當中，莎士比亞安排羅密歐偷聽茱麗葉的獨白，但在布魯克的版本中則沒有偷聽部分。通過對偷聽的設立，莎士比亞打破了傳統的求愛順序。通常，女士被要求穩重，害羞，這樣可以探知求愛人是否眞心實意，但對這種方式的打破加速了戲劇進度。戀人可以跳過求愛過程，直接討論兩者的關係，並在一見鍾情後的第二晚同意結婚。

在最後的一幕當中，出現了一個矛盾的信息——在天主教義中，自殺被認爲是要下地獄的，而當人們爲愛情而殉情時，卻可以因「愛情宗教」上天堂。羅密歐與茱麗葉的愛情觀似乎更符合「愛情宗教」而非天主教義。另一種觀點是雖然他們的愛情是轟轟烈烈的，但只是在婚姻當中達到了高潮，以免失去觀衆對他們的同情。

戲劇在某種程度上將愛、性、死亡做了等同。在故事中，羅密歐、茱麗葉以及其他角色在幻想黑暗時，將其等同爲戀人。例如，當凱普雷特第一次發現詐死的茱麗葉時，將其形容爲女兒的失貞。茱麗葉之後也將羅密歐和死亡做了對比。在她殉情之前，她抓起羅密歐的匕首，稱：

「啊，好刀子！這就是你的鞘子；你插了進去，讓我死了吧。」

關於命運

學者在命運問題上起了爭議。就角色的不幸是命中注定，還是僅僅由於一連串的意外而導致的事故，學者們並沒有給出統一意見。

偏袒命運說的稱戀人是「薄命的」（「star-cross'd」）。這種說法似乎暗示了星象在此起了前定作用。約翰·德拉珀指出劇中人物與伊莉莎白時代的體液學說有關（例如，提伯特是個膽汁質）。這種體液說法對現代觀衆來說並不感冒。另一些學者則認爲悲劇不過是一連串意外所導致的——在某種情況下，他們認爲這根本不是悲劇，而是一種情景劇罷了。路德·內沃敘述中離奇的意外讓戲劇在概率上變得「不那麼悲劇」。例如，羅密歐挑戰提伯特不是出於衝動；這是因爲墨古修的死而採取的必然行動。在此，內沃認爲羅密歐清楚社會規範、身份、誓言的危險性。他決定擊殺泰伯特，不是因爲角色的人物瑕疵，而是因爲形勢所迫。

光明、黑暗與時間

學者們都注意到莎士比亞在戲劇中大量使用了光明與黑暗的對比。卡洛琳·施伯俊認爲光明作爲主題「象徵了青年戀情的自然美」；這一觀點被後續評論家們拓展。例如，羅密歐與茱麗葉都將對方視爲黑暗中的光明。羅密歐將茱麗葉描述爲太陽，比火把還要亮，有如黑暗中閃爍的珠寶，烏雲中的光明天使。即便是當她躺在墳墓當中，他稱「她的美貌使這一個墓窟變成一座充滿著光明的歡宴的華堂。」茱麗葉將羅密歐描述爲「黑夜中的白天」、「比烏鴉背上的新雪還要皎白。」這種明暗對比可以視爲象徵的拓展——是愛與恨的對比、年輕與衰敗的暗喻。

有時候，這些相互交織的暗喻製造出了一種戲劇性的諷刺。例如，羅密歐與茱麗葉的愛情是被包圍在黑暗與仇恨之中的：他們所有的戀情都在夜間的陰影下偷偷摸摸進行，而一切家族仇恨卻在光天化日之下堂而皇之地械鬥。這種悖論增加了戀人們之間進退兩難的窘境：是忠於家族、還是忠於愛情？在故事的最後，清晨不再明朗，太陽也躲在了烏雲之後，家族仇恨的爭鬥終於因害死了年輕戀人而感到悲哀。所有人都在此領悟到自己的愚昧與荒唐，事物也因戀人的不幸最終回到了應有的自然秩序。戲劇中「光明」也與「時間」緊密相連，莎士比亞常常通過描述太陽、月亮、星辰等光明體來反襯出「時間」這一概念。

「時間」在戲劇的劇情和語言上起了重要作用。羅密歐與茱麗葉倆人都極力維持著不涉及時間的虛幻世界，迴避著包圍他們的殘酷現實。例如，當羅密歐向月亮起誓，宣布他對茱麗葉的愛時，茱麗葉抗議道：「啊！不要指著月亮起誓，它是變化無常的，每個月都有盈虧圓缺；你要是指著它起誓，也許你的愛情也會像它一樣無常。」從一開始，愛人被設計為「Star-cross'd」，其中引用了當時流行的占星術。占星術認為星座會影響人類的命運，隨著時間的推移，星系會在空中移動，並改變著人們的命運。羅密歐在戲劇之初預感到星座運動的徵兆，當他得知茱麗葉的不幸時，他對星座採取了挑戰態度。

另一主題是時間的倉促：在莎士比亞的版本，時間跨度不過是四到六天，而不是布魯克的九個月。學者如托馬斯．譚瑟勒相信在莎士比亞的戲劇中時間「十分重要」，因為他使用「短暫的時間」來描述青年戀人，而不是「漫長的時間」來敘述「老去的一代」；這著重手法「向著毀滅直衝」。羅密歐與茱麗葉與時間較力，使得他們的愛情永垂不朽。在最後，他們擊敗時間的唯一途徑似乎是死亡，這樣他們的愛情將以藝術的方式存活下去。

當這齣愛情悲劇發表之後，當時的評論家有褒有貶，不過隨著時間的轉移，在四百多年以來《羅密歐與茱麗葉》仍然是愛情的經典代表作，人們似乎忘懷了悲劇的苦汁，而盡情去吸吮甜蜜愛情的蜜汁了。

【劇中人物簡介】

伊斯卡勒斯——維洛納親王
巴里斯——年輕的貴族成員，親王的親戚
蒙特鳩——相互仇視的兩家族家長之一
凱普雷特——相互仇視的兩家族家長之一
羅密歐——蒙特鳩之子
麥丘提歐——親王的親戚（羅密歐之友）
班夫里奧——蒙特鳩之姪（羅密歐之友）
泰伯特——凱普雷特之姪
勞倫斯神父——法蘭西斯教會神父
約翰神父——法蘭西斯教會神父
鮑爾沙澤——羅密歐的僕人
桑普森——凱普雷特的僕人
葛雷古利——凱普雷特的僕人
彼得——茱麗葉的奶媽的僕役

亞伯拉罕——蒙特鳩的僕人
賣藥郎中
樂師三名
麥丘提歐的侍僮
巴里斯的侍僮
蒙特鳩夫人——蒙特鳩之妻
凱普雷特夫人——凱普雷特之妻
茱麗葉——凱普雷特之女
茱麗葉的奶媽
維洛納城居民：兩家的親戚朋友，舞者，侍衛，巡夜人與僕役等，數名合唱團

場景：維洛納與曼多亞

第一幕

D. Maclise, R.A. T. Landseer.

開場詩：（合唱團）

遠在維洛納的華城中
兩家名望相若的貴族
舊恨未歇，新仇又起
鮮血染污了市民的手
命運注定兩家的仇恨
造就一雙不幸的戀人
因著他們悲慘的犧牲
化解兩家累世的怨懟
這份至死不渝的愛戀
以及雙親交惡的嫌隙
葬送這雙真情的兒女
也建構了這一場悲劇
如果諸位肯費神傾聽
我們將補缺漏述端詳

第一景：維洛納城廣場

（凱普雷特家的桑普森與葛雷古利各持盾劍進場）

桑普森：葛雷古利，咱們可不是苦力啊。

葛雷古利：沒錯，沒有人可以欺壓我們。

桑普森：若是有人敢惹火咱們，就絕對不惜干戈相向。

葛雷古利：說得好！但事到臨頭，你可不要像隻縮頭烏龜，遇見難事便躲了起來啊！

桑普森：只要我一發起狠來，手上的刀劍是不認人的。

葛雷古利：可是，要你發狠可不容易呢！

桑普森：只要讓我瞧見蒙特鳩家的狗傢伙就夠瞧的啦！

葛雷古利：有膽識的，腦了火就當站住不動，臨陣脫逃的可算不上英雄好漢。

桑普森：只要讓我見著了他們家的狗仔子，我就會站住不動，不管是男是女，全都給一古腦兒摔到牆角。

葛雷古利：打架是男人的事，與女人有何干係？

桑普森：管他的，我要當一個殺人不眨眼的惡魔王，一面和男人要刀弄劍，一面砍掉娘兒們的頭。

葛雷古利：娘兒們的頭？

桑　普　森：正是！不管是那些娘兒們的頭，還是她們的乳頭，隨你想像吧！

葛雷古利：幸虧你不是一條魚，否則，一定是條不折不扣的臭鹹魚。快！拔刀出鞘，擺好架勢，兩個蒙特鳩家的狗仔子來啦。

（亞伯拉罕與鮑爾沙澤進場）

桑　普　森：我的刀早已拔出了鞘。你先去挑起他們的怒氣，我會在你身後幫襯撐腰。

葛雷古利：怎麼，又想臨陣脫逃嗎？

桑　普　森：安啦！我可不是個怕事的懦夫。

葛雷古利：哼，少來了！我倒不這麼認爲。

桑　普　森：算了！還是讓他們先動手，到時候打起架來才理直氣壯。

葛雷古利：我先過去對他們翻個白眼，瞧瞧他們會有什麼反應？

桑　普　森：看看他們有沒有那個膽子。我要對他們咬咬我的大拇指，他們一定無法忍受這種屈辱。

亞伯拉罕：你是在對我們咬你的大拇指嗎？

桑　普　森：我是在咬我的大拇指。

亞伯拉罕：你是在對我們咬你的大拇指嗎？

桑　普　森：（對葛雷古利耳語）若我回答是，一旦動起武來，是我們理直嗎？

葛雷古利：（對桑普森耳語）不！

桑　普　森：不！我是在咬大拇指，但不是在對著你們咬。

葛雷古利：怎麼，你們是在挑釁嗎？

亞伯拉罕：挑釁！哦，不！你言重了。

桑　普　森：要是你們想打架，我倒是願意奉陪；我們家的主子可不比你們家的差呢！

亞伯拉罕：不！差多了。

桑　普　森：好說。

葛雷古利：（對桑普森耳語）快說「好多了」，因爲咱們家老爺的一位親戚來了。

桑　普　森：當然是好多了。

亞伯拉罕：你胡說八道。

桑　普　森：是條漢子就拔劍。葛雷古利，別忘了使出你的獨門絕活啊！

（雙方互鬥）

（班夫里奧進場）

班夫里奧：住手，蠢才們！收起你們的刀劍，你們不知道自己到底在做什麼呀！

（他們手中的刀劍被擊落）

（泰伯特進場）

泰伯特：怎麼，難道你和這些奴才一般見識？轉過身來吧！班夫里奧，乖乖納命來。

班夫里奧：我只不過是在維持和平罷了。收起你的劍，再不然就過來幫我分開他們，別再鬥毆了。

泰伯特：你的劍已經出了鞘，還談什麼和平！我恨透這兩個字，就像我恨透了地獄和蒙特鳩家的人一樣。看劍，懦夫！

（兩人相鬥）

（兩家各有若干人湊上，加入這場格鬥。隨後市民也一起持棍棒繼上）

眾市民：打！打！打！打倒他們！打倒蒙特鳩家！打倒凱普雷特家！

（身著長袍的凱普雷特偕同妻子一同進場）

凱普雷特：爲什麼吵成這個樣子？喂，來人吶！把我的長劍拿來。

凱　妻：拐杖，拐杖！你爲什麼要拿劍呢？

凱普雷特：拿劍來！蒙特鳩那老賊來了，還拼命對我耀武揚威，分明就是來尋仇的。

（蒙特鳩偕同妻子進場）

蒙特鳩：凱普雷特，你這個惡賊——別拉住我，讓我去！

蒙　妻：我不准你去尋仇。

（親王的侍衛進場）

親　王：違法亂紀的臣民，擾亂治安的公敵，你們的刀劍都已被鄰人的血漬染污——他們不聽我的話嗎？喂！你們這些畜生，爲了撲滅你們刻毒的怒燄，不惜讓紅泉自你們的血管裏湧流出來。快將武器從你們血腥的手中扔掉，靜聽震怒的君王裁判。凱普雷特，蒙特鳩，你們已經三次爲了逞口舌之快，引起維洛納市民的群起鬥毆，攪擾了我們市街的安寧，也令年老的公民不得不棄杖就槍，拋去他們的尊嚴，以衰弱的手執起長棍，來調解你們早已潰爛的仇恨。若是你們再犯舊故，你們的生命將成爲和平的贖價。至於現在，所有的人都退去。凱普雷特，你隨我來：蒙特鳩，你到自由鎮的審判廳靜候判決。眾人散去，倘有逗留，格殺勿論。

（除蒙特鳩夫婦與班夫里奧之外，其他人皆出場）

蒙特鳩：誰又挑起這場宿怨的紛爭？姪兒，老實對我說，當他們動手時，你是否在場？

班夫里奧：在我尚未到這兒來之前，兩家的僕人早已扭打成一團。我試著拔出劍制止；然而就在此時，性子剛烈的泰伯特便提劍迎來，他出言不遜，惡臉相向，對空揮舞著手中長劍，咻咻作響，宛若風兒在訕笑他的裝腔作勢。當我們彼此互鬥的同時，人群聚攏，相互幫襯。直到親王駕臨，才將雙方人馬喝離。

蒙　妻：啊！羅密歐在哪裡？你今天見過他嗎？眞高興他沒有有參加這場械鬥。

班夫里奧：夫人，在萬人景仰的晨曦自東方探頭前，我因心中煩燥不安，到林間散步；在城西的楓樹林中，我見到羅密歐在那兒漫步，才正要走近，他便一溜煙竄進林間深處。當時我也意興闌珊，正欲尋覓僻靜之處。以己之心度人，自是不便打攪，他既然要躲我，我們只好相互避開。

蒙特鳩：已經有好些天早晨都是這個樣子了，他以自己的淚水化作晨間的朝露，更以長吁短嘆凝成空中的雲霧；待振奮人心的太陽自東方躍升，揭去黎明之神灰黑色的帳幕，我那心事沉沉的愛兒便避開了明光，偷偷地溜掉，蹝縮在自己的房內緊閉門窗，璀璨的朝陽被他鎮鎖屋外，卻將自己囚禁在自設的沈黑中。這惡劣的心情是不祥之兆，必須以金玉良言來拔除煩惱的根苗。

班夫里奧：伯父，您知道他煩惱的根苗是什麼嗎？

蒙　特　鳩：我不知道，也無從得知。

班夫里奧：您可曾想法子探詢？

蒙　特　鳩：我與許多好友都曾經付出關心，然而他卻將心事深埋，守口如瓶，像一朵初生的蓓蕾，尚未迎風展姿，向陽獻豔，便被嫉妒的蛀蟲逐一蠹蝕。他的煩惱根源一經知曉，就能傾盡心力爲他治療。

班夫里奧：瞧，他來了。請您暫待一旁，容我趨前詢問，看他願不願吐露。

蒙　特　鳩：但願你能探出他的眞情。來，夫人，我們走吧！

（蒙特鳩偕妻子退場）

（羅密歐上場）

班夫里奧：早安吶！兄弟。

羅　密　歐：天還早麼？

班夫里奧：才剛過九點。
羅　密　歐：唉！愁苦之時，度日如年。匆忙離去的是我的父親嗎？
班夫里奧：是的。什麼原因使你度日如年呢？
羅　密　歐：因為缺乏讓時間縮短的珍寶。
班夫里奧：莫非你已陷入愛情的羅網？
羅　密　歐：不！掉到——
班夫里奧：情網之外？
羅　密　歐：我無法獲得她的歡欣。
班夫里奧：唉！愛情的外表雖然溫柔，骨子裏卻是殘暴得駭人！
羅　密　歐：愛神永遠都是盲目的，
發箭時不細心瞧，任意中的。
我們去何處用餐？天啊！誰又在這一果打架？不消說，我早已聽聞一二：仇恨引發衝突。然而更大的衝突卻來自愛情。
啊，吵鬧的愛！親愛的仇！
這所有的一切均是無中生有。
啊，沉重的輕浮！嚴肅的虛妄！歪曲的紊亂！鉛鑄的絨羽！灰亮的煙！冷沁的火！憔悴的健康！
永遠甦醒的睡眠！名實全然不符！
我感覺到的愛情正是如此。你不會嗤笑我吧？

班夫里奧：不，兄弟！你觸動了我的悲憫之情。

羅 密 歐：慈善的心腸，這是爲什麼呢？

班夫里奧：因爲你的心受到如此痛苦的煎熬。

羅 密 歐：唉！這正是愛情的罪過。
拋不開的愁煩壓得我心頭沉重，
再添上你的悲憫，更是加重我的苦痛。
愛情恍若嘆息拂起的一陣煙，
戀人的眼中閃爍著煙散後的火星；
戀人的淚水是它激起的洶湧波濤。
還有什麼可比擬的？
是智慧的瘋狂，是哽喉的苦澀，
還是膩舌的蜜糖。
再見了，我的兄弟。

班夫里奧：且慢！容我隨你前去。要是你就這樣丟下我，就未免太不顧情面了。

羅　密　歐：咳！我已經迷失了自己。眞正的羅密歐不在這兒，他在別處。

班夫里奧：老實告訴我，你心繫何人？

羅　密　歐：什麼？難道你要我痛苦呻吟地再說一次她的名字？

班夫里奧：呻吟？不！你只要說出她的名字就可以了。

羅　密　歐：這麼做，簡直是強逼一個重病的人立下遺囑。啊，對一個重病的人來說，還有什麼比這更教人錐心刺痛！老實對你說，兄弟，我眞的愛上一個女人。

班夫里奧：果然是有隱匿的戀情，眞被我猜中了。

羅　密　歐：好一個百發百中的射手！我所深愛的正是一位貌美的可人兒。

班夫里奧：好兄弟，只要放準目光，便不怕發而不中。

羅　密　歐：你這一箭就射岔了！

就算是丘比特的金箭，
也無法射中她的心房；
她一如戴安娜女神般聖潔，
有堅定的貞操護身，
愛情纖弱的弓矢傷不了她。

她不受蜜語讒言包圍，也不受咄咄逼人的目光恫嚇，更不受能使聖人動心的金銀迷惑。咳！

她美若天仙，豔冠群芳。唯一的缺憾是：

當她一旦死去，所有的一切也將化爲塵土。

班夫里奧：那麼，她可曾立誓終身不嫁？

羅　密　歐：她立了誓，爲了矜持而賤待自己，

她甘讓美貌在無情的歲月中漸次凋零；

她太美麗，太聰慧，

不該剝奪自身的幸福，使我抱撼終生。

她已經立誓棄拋愛情，

讓我生不如死，形容枯槁。

班夫里奧：請聽我一言，別再想她了。

羅　密　歐：哦！那麼，請教我該如何遺忘她吧！

班夫里奧：放開你的眼目，多瞧瞧這世間的美女吧！

羅　密　歐：這麼做，只會讓我分外覺得她是絕色無雙。只要吻著那些美人的烏紗面罩，就會令我想起隱藏其後的嬌麗臉龐；一如突然盲眼的人，永遠不會忘記他在最後一眼

中所見的美景。若是爲我引薦一位風華絕代的美女，除了讓我想起世間還有一位比她更美的人之外，還有什麼益處呢？再見了！你是無法教會我該如何遺忘的。

班夫里奧：我一定要證明自己所言不虛，否則死不瞑目。

（各自退場）

第二景：同前景之街道

（凱普雷特、巴里斯，與隨身僕人進場）

凱普雷特：蒙特鳩與我肩負著相同的責任。像我們這般上了年紀的人，要維持和平還不算是件難事。

巴　里　斯：兩家都是名望相若的貴族，竟結下這樣不解之冤，實爲遺憾。可是伯父，您對我的求婚，意下如何？

凱普雷特：我還是老調重彈。小女懵懂無知，不明世事，她的年歲尚未滿十四；
再過兩個夏天的季節更迭後，
我想才是談親說媒的好時機。
巴　里　斯：然而，比她年輕的人都早已是快樂的母親了。
凱普雷特：偃苗助長，終必早凋。
我的希望都已經被層層黃土吞沒，
只有她是我唯一的慰藉。
向她求婚吧，溫柔的巴里斯！博取她的歡心，
只要她願意，我也樂於成全。
凡是她所選中的，我自是沒有異議。
今晚我照例設宴款待賓客，
邀請了眾多親朋好友參加。
你也是我的座上貴賓之一，
如蒙賞光，必令我的宴席生色。
在今晚的寒舍中，
您可以見到璀璨耀眼的群星翩然駕臨，

燃亮了黝黯的夜幕；
年輕的心必能浸淫在青春的歡愉中，
正如盛裝的四月緊隨著漫長的冬天而至，
生氣勃發地振奮人心。
置身於嬌豔欲滴的花蕾叢中，
你可以盡情地看，暢快地聽，
從眾多美貌的女孩間挑出一位意中人，
小女或許正是其一。
來吧！同我去。

（順手交給僕人一張紙）

去吧，我的忠僕，
你去遍訪這繁華的維洛納城，
按著名單去邀請這些人，
歡迎他們到家中來參加歡宴。

（凱普雷特與巴里斯一同退場）

僕　人：要我找出名列這單子上的人！俗話說得好，鞋匠的針線，裁縫的釘鎚，漁夫的網，畫家的筆，各司其職；可是我家老爺卻要我這個文盲去找出這單子上的人。我哪知道這裏面寫了些什麼？最好得去找個識字的人問問。

啊！來得早不如來得巧。

（班夫里奧與羅密歐進場）

班夫里奧：不，新起的火燄可以將舊有的火苗吞滅，

大的創傷可以減輕小的苦痛；

覺得天旋地轉時，

便要以相反的方向旋轉；

一件絕望的憂傷，

同樣可以醫治另一件煩惱。

爲你的雙眼尋覓新的刺激，

纏累的舊疾便可不藥而癒。

羅密歐：你的藥草也只能醫治——
班夫里奧：醫治什麼？
羅密歐：醫治你的跌打損傷。
班夫里奧：怎麼，羅密歐?!難道你瘋了不成？
羅密歐：我沒瘋，卻比瘋子更苦；身體被囚禁在牢獄之中，茶飯不思，還要百般忍受鞭笞的酷刑——晚安，朋友！
僕人：晚安！請問先生，您識字嗎？
羅密歐：是的，這是我僅剩的貧困資產。
僕人：也許您可以不必照本宣科，但您可以為我瞧瞧這紙上的字嗎！
羅密歐：可以！如果是我認得的字，我就會唸。
僕人：謝謝您的誠實，上帝保佑你！（轉身欲離去）
羅密歐：且慢，朋友！我識字的。

「瑪提諾先生夫人與諸位令嬡；安賽爾伯爵及其美麗的姐妹們；寡居的維特魯維歐夫人；普拉西歐先生及其可愛的姪女們；麥丘提歐與其弟革倫泰因；凱普雷特叔父嬸母與賢妹羅莎琳，賢姪黎維亞；葛倫西奧先生與其弟泰伯特；陸希歐與活潑的海倫娜。」

好一群名媛賢士！要邀請他們上哪兒去呢？

僕　人：到我們家裏吃晚飯。

羅密歐：誰的家？

僕　人：我主子的家。

羅密歐：那還用問？

僕　人：那好，您要問，我就照實說吧！我家主子就是那位有財有勢的凱普雷特先生。您要不是蒙特鳩家的人，就一道賞光來喝酒吧！上帝祝福您！

（僕人退場）

班夫里奧：依照凱普雷特家的宴會慣例，你愛戀的羅莎琳勢必會隨著城中的衆美女一同前往。你不妨也去瞧瞧，別帶著成見的眼光。

將她的容貌與其他人一比較，

就會發現你的天鵝只不過是隻烏鴉。

羅密歐：若我如此敬虔的眼睛會產生這樣的幻象，

那麼就讓淚水化爲火燄，

把這一雙叛徒般的雙眼灼燃成灰吧！

比我所愛的人還美！
自開天闢地以來，
在普照的陽光下
未曾見過比她更美的人。

班夫里奧： 咳！你覺得她美，因爲沒有比較的對象，
兩隻眼中只存著一個身影，
自然會以爲她美麗絕倫。
若是在今晚的宴會中，
你將她的美貌置於水晶天秤上
與其他人相較，那麼縱有萬千儀態，
也將自慚形穢。

羅　密　歐： 我隨你去。倒不是要去看你所稱說的美人，
而是去瞧瞧自己的愛人如何在其中綻放光彩。

（相偕退場）

第三景：凱普雷特家中一室

（凱普雷特夫人與奶媽一同進場）

凱　妻：奶媽，我的乖女兒呢？叫她來見我。

奶　媽：我以十二歲的童貞起誓，我早喊過她了。嗨，小綿羊！小瓢蟲！上帝保佑！這孩子究竟上哪兒去了？嗨，茱麗葉！

（茱麗葉出場）

茱麗葉：什麼事啊？誰在叫我？

奶　媽：是妳母親。

茱麗葉：母親，我就在這兒，您有何吩咐？

凱　妻：為了這件事，奶媽，請妳暫且迴避，我們要私下談談——奶媽，回來吧！我想起來了，這事妳也得聽聽。妳知道，我的女兒也老大不小了。

奶　媽：當然，說起她的年紀，我是再清楚不過了。

凱　妻：她現在還未滿十四呢！

奶媽：我可以用我的十四顆牙齒打賭——唉！可是說來慚愧，我的一口牙掉得只剩四顆啦——她的確未滿十四。現在離收成節還有多久？

凱妻：兩個星期左右吧。

奶媽：不多不少，不前不後，這收成節的當晚，她正好滿十四。蘇珊與她同年——願上帝安息一切基督徒的靈魂——唉！可憐的蘇珊卻早已蒙主寵召了；我命中注定留不住這孩子。可是，正如我所說的，收成節的當晚她就滿十四了；這件事我記得一點兒都不差。地震至今已經過了十一年；那時候她剛斷奶——我永遠也忘不了——不前不後，就在那一天；因為當時我正巧在乳頭上塗滿艾草，端坐在鴿棚下曬太陽；而老爺與您都在曼多亞——瞧，我的記性真不壞——正如我所說的，當她一觸到我乳頭上的苦味兒，哎喲！這小可憐竟然就發起脾氣，把乳頭硬生生努開！努得鴿棚直搖晃。我想，或許我該被辭退了。這事說來話長，算算也有十一年囉！後來她就漸漸長成，會站會搖，還會顛顛躓躓地到處亂跑；就在她跌破頭皮的那一天，我那去世的丈夫——上帝安息他的靈魂！他可是個喜歡說笑的人——便一把將她抱起。「啊！」他說：「妳仆倒在地了嗎？再一眨眼，妳就會仰躺在床上了。是不是呀，茱麗葉？」可是孰料，這可愛的小傢伙竟然停止不哭，還瞪著眼說：「吔！」哎喲！真是害我笑岔了氣！要是我能活上一千歲，這句話我鐵定忘不了。「是不是呀，茱麗葉？」他說。這可愛的小傢伙就停止不哭，還會回答：「吔！」

凱　妻：得了、得了，就別再往下說啦。

奶　媽：是的，夫人。可是，我只要一想到那件事，要我不發笑絕不可能。說實在的，她額角上腫起的那個大包，可足足有個小公雞的睪丸那麼大哩！那一跤跌得可真險，她哭得像個淚人兒：「啊！」我丈夫說：「你仆倒在地了嗎？再一眨眼，妳就要仰躺在床上了；是不是呀，茱麗葉？」她居然就停止哭泣，說：「吔！」

茱麗葉：夠了，奶媽，您就饒了我吧！

奶　媽：好，我不說啦！上帝保佑妳！妳可是我所養大的最可愛的一個娃兒；要是有一天真能瞧見妳嫁出門，總算也了了我一樁心願。

凱　妻：說的是啊！這正是我現在要談的事。茱麗葉，我的好女兒，妳老實告訴我，妳對自己的婚事有何意見？

茱麗葉：那可是我作夢也想像不到的一項榮譽。

奶　媽：一項榮譽！倘若妳不是只有我這麼一位奶媽，我一定會說妳的智慧是從乳頭上得來的。

凱　妻：好吧！現在倒要好好琢磨結婚的事了。在維洛納城裏，那些比妳還年輕的小姐們都已經成了快樂的母親。就拿我來說吧，在像妳這般年紀時早就生下妳了。廢話少說，年輕俊美的巴里斯已經登門求親啦！

奶媽：眞是個好男人吶，小姐！他可說是世間少有的美男子，衆家爭寵的如意郎君。

凱妻：維洛納城的夏天找不著這樣一朵好花。

奶媽：是啊，一朵花，還眞是一朵好花呢！

凱妻：妳意下如何？喜不喜歡這位紳士？在晚上的宴會中妳就可以瞧見他。

巴里斯的美貌正像一本賞心悅目的好書，
雋秀的筆跡構築成迷人的詩句，
整齊的線條交織成美麗的圖畫。
若是你想探出這卷書的奧秘之處，
在他眼角上可以找著微妙的註解。
這本珍貴的戀愛經典，
這位無法拘衡的愛人，
唯一缺少的便是足以相得益彰的封面；
絕妙的內容與精緻的封面，
正如魚水般相互交融，

記載金科玉律的奇書閤鎖上瑰麗的織扣，
它的輝煌宏光將衆所矚目。
要是妳接受了他，
便能分享他一切的榮光，
絕不會令妳減損幾分。

奶　媽：減損幾分！哦，不，女人是依著男人成長的。

凱　妻：坦白說，妳能接受巴里斯的愛慕嗎？

茱麗葉：看看再說吧！也許他眞能打動我。
但我的目光也不會投注得太深，
除非先獲得您的允准。

（一僕人上場）

僕　人：夫人，賓客已到，餐席備妥，請您和小姐快出房迎賓。廚房裏怨聲載道，狼藉不堪，我先退下服侍客人，請您馬上就來。

凱　妻：我們就來，（僕人退場）茱麗葉，伯爵在等著呢。

奶　媽：快去呀，好孩子！良宵一刻値千金吶！

（一同退場）

第四景：街景

（羅密歐，麥丘提歐，班夫里奧，與五、六名戴面具的舞客攜火炬進場）

羅密歐：怎麼，這一套說辭就是我們的進身之階？
還是就這麼不具歉意地昂然走進去？

班夫里奧：虛文俗套早已不適行。
我們不需要矇眼的丘比特，
手執鞭韃人的小花弓，
像個稻草人似地去恫嚇女士；
也無需隨著提詞人反覆頌唸，任其擺布；
我們只要跳完一回舞就離開。

羅密歐：給我一把火炬！我沒有跳舞的興致，

我需要它來照明沉悶陰晦的心。

麥丘提歐：不，羅密歐！我們一定要你跳舞。

羅　密　歐：我眞的不想跳。你們都有輕盈的舞鞋，
而我只有鉛錘般的沉重心靈，
緊緊地將我釘牢在地，寸步不移。

麥丘提歐：你既是一位戀人，
就向丘比特借一雙翅膀，
高高地飛翔起來吧！

羅　密　歐：我已被他的箭傷得太重，
再輕盈的羽翅也無法令我飛翔！
他禁錮了我的靈魂，
愛情的重擔將我壓得向下墜沉。

麥丘提歐：溫柔的愛情若能將你拖曳下沉，
未免也太難爲她了。

羅　密　歐：愛情眞是溫柔的嗎？
不，她太粗暴，太狂野，太專橫；

就像荊棘一樣刺人！

麥丘提歐：如果愛情對你粗暴，刺痛了你，
就勇敢地以牙還牙吧！
如此你便得以戰勝愛情。
給我一副面具藏住我的尊容。（戴上面具）
這眞是個令人嫌惡的醜陋面具！
罷了，就讓人們見見我的醜態，
人若恥笑我，也有這面具爲我遮羞。

班夫里奧：來吧，敲門進去！
大家一進門，就熱情地跳起舞來。

羅　密　歐：給我一把火炬。
就讓那些紈褲的公子哥兒盡情賣弄舞姿吧！
我願化作一只燭台在一旁觀看，
無論多麼有趣，我也敬謝不敏。

麥丘提歐：胡說！你已深陷愛情的泥淖——
請原諒我如此說——我們一定要將你拉出來。

走吧！別再虛擲美好的光陰了。

羅密歐：就這樣去參加他們的舞會；
這實在不是明智之舉。

麥丘提歐：爲什麼？

羅密歐：昨晚我做了一個夢。

麥丘提歐：我也做了一個夢。

羅密歐：好吧！你做了什麼夢？

麥丘提歐：我夢見做夢的人總是在說謊。

羅密歐：夢中所見的往往是實情。

麥丘提歐：啊！那麼瑪布仙后一定來探望過你了。

班夫里奧：瑪布仙后！她是誰？

麥丘提歐：她是精靈們的接生婆，
身形只有官員手指上的瑪瑙那麼大。
幾匹螞蟻般的小馬兒替她拉車，
趁著人們熟睡時爬過他們的鼻樑；
她的車輻以蜘蛛的細長腳製成，

她的車篷是蚱蜢的透明翼翅，
挽索是小蜘蛛網絲，軛圈是如水似的月光；
馬鞭是蟋蟀的骨頭，韁繩是天際間的游絲。
她的車夫是一隻小小的灰蚊，
身體還不及懶丫頭指間挑出來的小蛆一半大；
她的車子是由蛀蟲以榛子殼做成。
他們自古以來便是精靈們的車匠。
她整夜駕著車，穿梭在情人們的腦子裏，
為他們編織出一個個戀愛的美夢；
經過官員們的膝上，他們便會在夢中作揖獻媚；
經過律師們的手指，他們便會在夢中討訴訟費；
經過姑娘們的櫻唇，她們便倏忽夢到甜吻。
然而瑪布仙后討厭她們嘴邊的口香糖味兒，
發起怒來就讓她們長滿水泡。
有時她會在官員的鼻樑上急馳，
他就會夢見收受佣金的滋味；

有時她會趁著牧師熟睡的時候，
以豬尾巴搔搔他的鼻孔，
他就會夢見一份更高的俸祿；
有時她會繞過一位士兵的頸項，
他就會夢見自己銳不可擋，
進攻，埋伏，砍掉敵人的頭顱，
然後飲酒作樂，擊鼓助興，
猛然從夢中驚醒，咒罵兩句後又沉沉睡去。
就是這位瑪布仙后在夜裏將馬鬃編成辮結，
把懶女人齷齪的頭髮攪成烏糟糟一團。
這糾纏的髮結便是不祥之兆！
而且，也正是這位瑪布仙后，
趁著大姑娘們仰躺睡著，壓在她們身上，
教會她們如何生女育兒！
就是她——

羅密歐：夠了，夠了，麥丘提歐，別再說啦！

你這簡直就是在癡人說夢話。

麥丘提歐：正是！夢原本就是癡人腦中的胡思亂想。
它只是空幻虛無的產物，
猶如風一般稀薄輕盈，變幻莫測；
才剛投向北方冰冷的胸懷，
一轉眼，又奔向了雨露繁多的南方。

班夫里奧：這一陣風可把我們的話題吹遠啦！
晚飯將過，再不去就太遲了。

羅　密　歐：只怕還太早！我有一種預感：
一個懸而未明的惡運將從今晚的狂樂開始恐怖統治，
我這悲苦的生命也將隨之夭折結束。
就讓支配命運的上帝在前方引路吧！
前進，我勇敢的的朋友們！

班夫里奧：來吧！讓我們擊鼓前進！

第五景：凱普雷特家中的廳堂

（樂師持樂器等候，眾家僕進場）

僕人甲：普德潘呢？怎麼不來幫忙收拾這些盤碗？他不也是個端盤換碗、擦碟洗盆的嗎？

僕人乙：瞧不見自己眼中的樑木，卻盡挑別人眼中的細刺！眞是糟糕啊！

僕人甲：把摺凳移去，將食器挪開，留心碟子！好兄弟，留一塊杏仁酥給我。勞你去知會管門的，讓蘇珊與奈爾進來。安東尼！普德潘！

僕人乙：哦，兄弟，我在這兒。

僕人甲：大廳裏正在找你，叫你，要你，尋你。

僕人丙：我們可是沒有分身之術的啊！

僕人乙：來，打起精神！兄弟們，大家多使點勁兒。

（眾家僕退場）

（凱普雷特、茱麗葉、泰伯特及其家人一同進場。眾賓客與戴著面具的舞客自另一方進場，相遇。）

凱普雷特：歡迎，諸位紳士！
那些腳趾未長雞眼的小姐們將與你們共舞。
啊哈！小姐們，妳們有誰不願跳舞？
若是誰推三阻四，腳上一定是長滿雞眼。
被我猜中了嗎？
歡迎，諸位紳士！我也曾戴過面具，
打從一位標緻美麗的可人兒身邊經過，
在她耳畔說些撩人心底的貼心話。
然而這一切已經過去了，過去了。
歡迎你們，諸位朋友！來吧，樂隊就序。

讓開些！讓開些！

小姐們，跳舞吧！

（樂師開始演奏，音樂聲起）

多燃些蠟燭；收掉桌子，

熄滅爐火。這屋子太熱了！

啊，好小子！這地方還真是熱鬧非凡吶！

我們已經過了跳舞的年紀。

您還記不記得我們上一回戴面具是什麼時候啊？

凱普雷特族人：我敢說，至少也有三十年囉！

凱普雷特：你說什麼？兄弟，沒這麼久吧！

那是在盧森西奧結婚的那一年，

還未到五旬節的時候，

算算大約二十五年左右而已。

凱普雷特族人：不止囉！他的兒子都不止二十五了！

我想，至少該有三十才是。

凱普雷特：這還需要你告訴我？
他的兒子兩年前尚未成年呢！
羅密歐：（對一名僕役說）那位攙著武士的手的小姐是誰？
僕　人：我不知道，先生。
羅密歐：哦，火炬不及她的豔光！
她在夜幕頰上綻放光芒，
如黑人耳邊耀眼的珠寶，
更像由天降下的夜明珠！
她進退周旋在諸女伴間，
宛若烏鴉中的白翎信鴿，
待她歇腳，我要尾隨而至，
攙握那纖細柔軟的雙手。
從前的愛戀已不再眞實，
今晚才初見絕世佳人！
泰伯特：聽這聲音，該是蒙特鳩家的人。
孩子，取我的劍來。這不知好歹的狗奴才，

膽敢戴著一張鬼面具闖到這裏來，
莫非是要嘲笑我們的宴會？
爲了維護凱普雷特家的聲譽，
就是取了他的性命也不算罪過。

凱普雷特：怎麼啦，姪兒，爲何動怒？

泰　伯　特：伯父，這可是咱們死對頭蒙特鳩家的人。
這狗才今晚潛進這裏一定沒安好心，
存心來搗亂我們的宴會。

凱普雷特：那小子就是羅密歐嗎？

泰　伯　特：正是！他就是羅密歐那小賊。

凱普雷特：別理他，好姪兒，讓他去吧！
我瞧他倒也規規矩矩。
老實說，在維洛納城裏，
他也算得上是個端正謹飭的年輕人。
現在，就算是全城的財富都歸我，
我也不想在自己家中和他鬧事。

耐住性子，別理會他吧！
你若還尊我是長輩，
就快快嚥下怒氣，收斂惡容，
萬萬別傷了和氣，掃了興致。

泰伯特：有這樣一個賊子來作客，教我如何不生氣？
我怎能容得下他在這裏放肆。

凱普雷特：容不下也得容！哼，你這目無尊長的孩子！我就偏要容他。
搞清楚，誰是這裏的主子，是你還是我？
你容不下他，這是什麼話！
難道你想當著客人面前爭鬧鬥毆？
你想惹麻煩！想強出頭充好漢！

泰伯特：伯父，咱們可不能這麼忍氣吞聲啊！

凱普雷特：得了，得了，得了！
你真是個狂傲無知的孩子——你當真？
這樣鬧出事，後果可是不堪設想。
我知道你偏要和我唱反調！

好啊！現在正是時候，
你這個放肆乖劣的孩子，快給我滾！
別鬧——把燈燃亮些！再亮一些！
你給我住嘴，只管痛痛快快地去玩！

泰伯特： 我滿腔怒火卻被澆了一盆冷水，
叫我氣得魂身顫抖打哆嗦。
我暫且退去，今天就讓他嚐點甜頭，
以後可就有苦頭吃了。

（退場）

羅密歐：（對茱麗葉說）
若是我這雙粗手上的塵污
冒犯了妳神聖純潔的殿堂，
羞赧的信徒這對深情的唇
願意用一吻乞求妳的寬容。

茱麗葉： 信徒切莫怪罪自己的手，

如此才是最虔誠的禮敬。
聖者的手本許信徒觸摸，
手心的密合遠勝於親吻。

羅　密　歐：難道聖者與信徒均無嘴唇？

茱　麗　葉：信徒的雙唇是用於祈禱的。

羅　密　歐：那麼我要祈求妳的允准，
容許嘴唇擔任手的工作。

茱　麗　葉：你的祈禱已蒙聖者允許。

羅　密　歐：聖者之恩令信徒銘感於心，
願這一吻能洗清我的罪愆。

茱　麗　葉：然而你的罪卻沾染我的唇。

羅　密　歐：請原諒我的無心之過，
這一次我將把罪收還。

奶　媽：小姐，妳母親在找妳。

羅密歐：誰是她的母親？

奶　媽：少爺，她母親正是這宅子的女主人。

她是位宅心仁厚、聰慧賢德的女士，

方才與您交談的就是她乖巧的女兒。

誰要是娶了她，就可以繼承她的家產。

羅密歐：她眞是凱普雷特家的成員？

啊，我已經落入仇敵的手中。

班夫里奧：走吧！舞會都快結束啦！

羅密歐：是的！只怕宴席易散，良機難逢。

凱普雷特：不！諸位紳士，請別急著離去，

我們還要請你們再用些茶點。

你們一定要走嗎？那麼非常感謝你們賞光。

各位朋友，謝謝你們，再會了！

再燃上幾把火炬。我們去休息吧！

啊，天眞的不早了，該歇息去囉！

（除了茱麗葉與奶媽，其餘人皆退場）

茱麗葉：奶媽，那位紳士是誰？

奶　媽：他是老泰伯里奧的兒子。

茱麗葉：那麼，現在出門的又是誰？

奶　媽：我想他該是年輕的彼楚丘。

茱麗葉：那位跟在別人身後不跳舞的人呢？

奶　媽：這我就不知道了。

茱麗葉：去問問他！如果他已成了親，
那麼新婚之床便是我的墳塚。

奶　媽：他名叫羅密歐，是蒙特鳩家的人，
咱們家世仇的獨生子。

茱麗葉：仇恨中竟會滋生愛情，
不應相識又何必相逢；
昔日仇敵變今日情人，
這場愛戀已種下禍根。

奶　媽：妳在說什麼？妳在說什麼？

茱麗葉：這是方才與我共舞者教我的詩句。

（幕後叫喚茱麗葉）

奶　媽：就來，就來！咱們走吧！客人都散了。

（退場）

第二幕

D.Maclise, R.A. T.Landseer.

合唱詩

昔日的戀情付諸流水
新生的愛慕如日初升
因茱麗葉的柔情美貌
忘卻魂牽夢繫的舊愛
羅密歐對她如醉如迷
寧將一片癡心獻仇敵
茱麗葉臣服他的才情
甘願偷食情餌上金鉤
只恨累世宿怨化不開
山盟海誓不知向誰訴
深閨囚鎖了她的深情
只期盼夜半夢中相會
並求愛情能突破萬難
終能讓一切苦盡甘來

第一景：維洛納，凱普雷特花園牆外的小巷

（羅密歐進場）

羅密歐：我的心還留在這裏，我能就這樣離去嗎？回轉吧，無情的土地！一議我回到心靈的樞紐。

（羅密歐攀牆而入）

（班夫里奧與麥丘提歐進場）

班夫里奧：羅密歐！羅密歐！我的好兄弟！

麥丘提歐：他是個聰明乖巧的傢伙；按我的臆測，他或許早已回家窩上床了。

班夫里奧：他一路向這兒走來，想必已經翻牆而入！麥丘提歐，叫叫他吧。

麥丘提歐：不，我還要唸咒呢！羅密歐！這個癡人！瘋子！情種！戀人！

快快化作一陣嘆息現身吧！
你無須多言，只要唸一行詩，嘆一息氣，
說兩句好聽話捧捧維納斯老奶奶，
爲她瞎了眼的少爺丘比特取個綽號就成了。
他沒聽見，沒動靜，沒作聲。
這小猴崽子死了不！待我召他的魂出來。
憑著羅莎琳明亮動人的雙眼，
憑著她飽滿豐盈的額角，鮮紅嬌嫩的嘴唇，
憑著她曲線玲瓏的大腿，筆直的小腿，晶瑩的趾頭，
憑著她一切的美麗與名聲，
趕快現出你的身形吧！

班夫里奧：如果他聽見你這麼說，一定會生氣的。
來啊！他隱匿在樹林裏，與夜露相伴。
愛情本是盲目的，就讓他暗自摸索吧！

麥丘提歐：若愛情眞的盲目，便無法射中目標。
他現在正端坐在樹下，

幻想著情人是初熟的果子，
不偏不倚地落入他的懷中。
羅密歐，晚安，我要上床去了；
這兒的草地太寒沁了，令我無法安眠。
來，我們走吧！

班夫里奧： 走吧！他要是存心避著咱們，
又何苦白費心機去找他。

（一同退場）

第二景：凱普雷特家的花園

（羅密歐進場）

羅密歐： 未曾受傷的人，才會譏笑他人身上的傷疤。

（茱麗葉自上方的窗口探出）

輕聲點！那窗口透出的是什麼光啊？
那是東方，茱麗葉就是初起的晨曦。
美麗的太陽，請驅走那善妒的月亮。
她因嫉妒自己的女弟子美貌勝過她，
早已氣極敗壞，面色蒼白了無生息。
她既是如此妒忌，就別再歸依她；
脫下她所賜予的這身慘綠色道袍，
它只配穿在那些愚妄無知的人身上。
那是我的意中人，哦，我的摯愛啊！
但願她已洞悉明瞭我對她的心意！
她宛若含羞的蓓蕾，低頭欲言又止，
然而她卻以眼神道出了一切心事。
回應她？不，她似乎不是在對我說。
天際間兩顆最耀眼的明星因事求去，

請求她的一雙眼睛暫代在空中閃爍。
若她的雙眸與星辰交換，那又如何？
她臉上的光彩將會使群星頓時失色，
正如燈光在豔陽下顯得黯然羞慚；
她的雙眼在夜幕中綻放璀璨的光明，
使鳥兒們以爲白晝來臨，展翅高歌。
你瞧，她手托香腮的姿態多麼俏美！
願我能化作她手上那雙柔軟的手套，
好讓我得以輕撫她嬌嫩細緻的臉龐。

茱麗葉：唉！

羅密歐：她開口了！

啊，再說下去吧，光明的天使！
我在深沉的黑夜中仰視著妳，
就像是一個塵世中粗俗的凡人，
驚歎地瞻望神聖高雅的天使，
駕著雲彩緩緩駛過無邊的天際。

茱麗葉：羅密歐啊羅密歐！爲何妳是羅密歐？
請你爲我否認你的父親，棄拋姓氏。
也許這是強人所難，但就請你起誓，
對上蒼表明願作我一生不變的愛侶，
那麼我也願意爲你捨棄凱普雷特家。

羅密歐：（旁白）我該聆聽？還是回話？

茱麗葉：只有你背負的姓氏才是我的仇敵，
你若不姓蒙特鳩，依舊是羅密歐，
那麼姓不姓蒙特鳩又有什麼關係？
它既非手或腳，也非膀臂或臉頰，
更不是身上任何一處重要的部位。
啊，換個姓氏吧！姓氏本無意義，，
這嬌豔的玫瑰，若是換了個名字，
她芬芳的氣味仍然不會改變絲毫。
而羅密歐若是換了個全新的名字，
他完美的性格也絕不會減損幾分。

哦，羅密歐，請拋棄你的空名吧！
我願意以靈魂彌補你一切的損失。

羅密歐：那麼，一切都聽從妳了！
今後我的新名字稱爲愛，
羅密歐的舊名我將棄拋。

茱麗葉：是什麼人閃躲在夜裏偷聽人家的秘密？

羅密歐：我不知該如何道出自己的姓名！
敬愛的聖者，這姓名被人厭惡，
因爲它是妳所憎恨的累世仇敵；
我要將它寫在紙上，撕個粉碎。

茱麗葉：我聽你所言縱然不多，
卻能清楚辨出這聲音。
是羅密歐，蒙特鳩家的人？

羅密歐：美麗的小姐，如果妳不喜歡，我便不是。

茱麗葉：告訴我，你怎麼來的，又爲什麼來？
花園的牆壁高挑，攀上來可不容易；

要是被人瞧見，你定然無法活命。

羅密歐：愛的輕翼助我飛越牆垣，
石牆再高也無法阻卻我；
愛情願意甘冒一切風險，
妳的家人更是無力阻擋。

茱麗葉：若是被他們瞧見，一定會刀劍相向。

羅密歐：妳的雙眼比他們的刀劍鋒利，
若妳願意用溫柔的眼神看我，
他們的刀劍再利也傷我不得。

茱麗葉：可我怎麼也不願你被逮到啊！

羅密歐：朦朧的夜幕爲我遮蔽了他們的雙眼。
如果妳眞心愛我，就讓他們瞧見吧！
若是得不著妳的愛情而在世上苟活，
我倒情願將生命葬送在敵人刀劍下。

茱麗葉：是誰叫你到這兒來？

羅密歐：愛情指引我走向這裏；

她借我眼睛讓我尋得。
我雖然不會駕船操舟，
但即使是再遠的海濱，
我亦會不辭勞苦尋覓。

茱麗葉：多虧夜幕為我籠上一層面紗，
否則聽見你今晚的甜言蜜語，
必會讓你瞧見我臉上的暈紅。
我想遵循禮法否認你說的話，
但現在只好藐視這俗文舊禮！
你愛我嗎？我知道你一定是，
而我也會因此對你深信不移。
可你的誓言或許非出自內心。
對於戀人們之間的毀盟背信，
上帝也只能旁觀且一笑置之。
啊，溫柔又深情的羅密歐！
若妳眞心愛我就請誠心道出。

你若嫌我太容易被打動，
我也會板起怒容拒絕，
好讓你對我頻獻慇懃。
但無論如何，我不忍拒絕你。
俊美的蒙特鳩，我太癡情！
你或許覺得我太輕佻，
但請相信我，親愛的羅密歐！
我比那些忸怩作態者更忠貞。
若非你竊聽了我真心的表白，
我一定會表現得更端莊矜持！
請原諒我，親愛的羅密歐，
並非我的允諾輕率無恥，
而是黑夜洩露我心底的秘密。

羅密歐：月亮的銀光染滿了樹梢，
我願對著明月起誓——

茱麗葉：啊！請不要對著月亮起誓。

她有盈虧圓缺，變幻無常；
你若是真對著她起誓，
是否你的愛情也與她相同。

羅密歐：那麼我該指著什麼起誓？

茱麗葉：免了吧！若你真要起誓，
就面對你高雅的自身；
那是我滿心崇敬的對象，
我一定會深信不移。

羅密歐：若是我發自真心的愛情——

茱麗葉：別起誓了。我雖然喜歡你，
卻不願今晚就與你定下終身；
那會顯得太倉促，太輕漫，
如閃電般出乎意料之外，
只要稍一閃神便遁隱無蹤。
再會吧，我親愛的羅密歐！
這朵初綻鋒芒的愛情蓓蕾，

需要夏日的暖風輕拂呵護。
也許就在我們下次再見，
她會開出絢爛璀璨的花朵。
再會！願真正的恬靜安詳，
同時降臨在你和我的心田。

羅密歐：難道妳要讓我得不著滿足地離去？
茱麗葉：你今夜還企求什麼樣的滿足？
羅密歐：妳尚未與我交換妳忠誠的誓言。
茱麗葉：你未開口之先，我已經交予你了！
但是我非常願意將它重新收回來。
羅密歐：妳要收回？親愛的，為什麼？
茱麗葉：為了顯示我的慷慨，我將重新給予。
這只是希冀自己已獲得的東西！
我的慷慨一如海邊的細沙無垠浩翰，
當我付出越多，得到也就越多，
因為施與得兩者之間都無窮盡。

（奶媽在幕後叫喚茱麗葉）
我聽見屋內的叫喚。再見，親愛的！
我就來啦，奶媽！親愛的蒙特鳩啊！
願你莫負真心。等等，我馬上回來。
（自上方出場）

羅密歐：哦，幸福的——幸福的夜！
我深怕這只是甜夢一場！
美滿的事總難成真。
（茱麗葉自上方重新現身）

茱麗葉：親愛的羅密歐，再說三句話，我們就必須分別。
如果你的愛情真是坦蕩光明，你的目的在於婚姻，
那麼我明天將會遣人找你，請你讓他帶信給我，
告訴我婚禮將要在什麼地方，會在什麼時候舉行；

到時候我將把自己的生命全然交付在你手中，
把你當作我的主人，隨你走遍海角天涯永不後悔。

奶　媽：（於幕後）小姐！

茱麗葉：我就來——但若是你沒有誠意，
那麼，容我請求你——

奶　媽：（於幕後）小姐！

茱麗葉：等等，我馬上就來——
請你停止你的求愛，
讓我獨自傷心淒涼！
明天我會遣人找你。

羅密歐：我指著我的靈魂——

茱麗葉：向你道一千次晚安！

（自上方退場）

羅密歐：失去你的夜晚，我只剩一千次悲傷。
赴情人的約會，像孩童放學歸來一般；

與情人道別，像孩童板著臉孔去上學。

（逐步向後退去）

（茱麗葉自上方再出場）

茱麗葉：噓！羅密歐！願我能發出呼鷹聲，
能重新喚回這隻即將離去的雄鷹！
我無法揚聲，以免搗毀艾科洞穴❶，
使她因爲反覆叫喊羅密歐的名字，
而讓喉頭梗塞，聲音更加嘶啞。

羅密歐：是我的靈魂在喊我的名字！
情人的聲音在夜晚多麼清脆，
聽起來就像是最柔和的音樂。

茱麗葉：羅密歐！

羅密歐：親愛的？

❶艾科（Echo）是希臘神話中的仙子，因一心暗戀美少年 Narcissus 未獲青睞而形銷骨毀，最後化爲山谷中的回聲。

茱麗葉：明天我該在什麼時候遣人來找你？

羅密歐：九點鐘吧！

茱麗葉：我一定不失約，
但要挨到那個時候，宛若二十年之久。
我記不得爲何要喚你回來了。

羅密歐：妳慢慢回想，我就站在這兒。

茱麗葉：爲了想與你永遠這麼面對面站著，
我就算耗上一輩子也想不起來了。

羅密歐：那麼我就永遠站在這裏，
讓你一輩子回想不起來；
因爲除了這個地方以外，
我也不記得還有什麼家。

茱麗葉：天就要亮了，快回去吧！
我好比一位淘氣的女孩，
微鬆掌心讓囚鳥兒跳離，
卻又以絲線將他拉回來，

自私的愛不願給他自由。

羅密歐：願我是妳手中的囚鳥。

茱麗葉：親愛的，我心亦然！
但我深怕你會死在我過分的寵溺裏。
晚安！晚安！離別既甜蜜又淒涼，
我願對你道晚安直至天邊泛白光明。

羅密歐：願妳安眠如夢！願妳心靈安息！
我將去請求神父助我一臂之力，
把今晚的一切遭遇告知他。

第三景：勞倫斯神父的教堂

（勞倫斯神父攜提籃進場）

勞倫斯：黎明對含恨的殘宵微笑，

光芒自泛白的東方升起；
斑斕烏雲一如蹣跚醉漢，
被陽光驅趕得四散奔竄。
趁太陽的火眼尚未睜明，
蒸散深夜裏的點點露珠，
我要盡快採滿竹簍筐筐，
尋覓毒草靈藥盈滿柳籃。
大地是生育萬族的慈母，
卻又是掩匿衆生的墳塚；
她廣含無所不容的胸懷，
哺育了形形色色的嬰孩。
萬物天生都各有其特色，
天生我材必定有所適用；
叢草樹木石塊各司其職，
都蘊含巧妙的造物生機。
切莫輕忽那漫爬的藤蕎，

她對世界亦有特殊貢獻。
即使是純美的良穀佳禾，
用之失當也會導致禍端。
美物的誤用反造成戕害，
罪惡的善用亦會得良果。
這一朵含毒的纖弱蓓蕾，
卻可以治癒纏身的痼疾；
她的香氣得以淨除百病，
但吃入腹中必昏迷不醒。
草木與人心並沒有不同，
各自有善惡爭雄的一面；
邪惡勢力若是佔據上風，
死亡便會蛀蝕他的心胸。

（羅密歐進場）

羅密歐：早安，神父。

勞倫斯：願神賜福予你！
是誰的柔聲在叫喚我？
孩子，你這麼早醒來，
必定心中有什麼煩惱。
憂慮使老人不易闔眼，
一旦憂愁便不得安眠；
年輕人心中應無牽絆，
枕臥上床便酣然入夢。
因此，你起得這樣早，
若非有什麼煩擾纏心，
就是你根本沒有睡覺。

羅密歐：您猜得沒錯！
我昨夜享有比睡眠更甜適的安息。

勞倫斯：上帝恕罪！你是否與羅莎琳待在一起？

羅密歐：羅莎琳？哦不，親愛的神父！
我早已忘卻了那個名字，

那個想起來便令人滿心不悅的名字。

勞倫斯：這才是我的好孩子！
但你究竟心在何處？

羅密歐：不待你再問，我願具實以告。
昨晚我參加仇敵的宴會，
突然間有人重重傷了我，
而我也傷了她；我倆的治療，
端賴你的救助與獨一的聖藥。
神父，我並未心懷惡念恨意，
這份請求不單單爲了自己，
同樣也爲了我深愛的仇敵。

勞倫斯：好孩子，說明白些，別拐彎抹角。

羅密歐：老實說吧，我心底的戀戀深情
早傾注於凱普雷特的女兒身上；
我們倆情投意合，彼此愛慕！
若你願以婚禮神聖我們的愛情，

那麼，關於我們的相遇相知，
關於我們的表白，與交換的誓約，
一切的一切我都可以毫不隱瞞，
唯一只求你在今日爲我倆証婚。

勞倫斯：聖法蘭西斯啊，這是多麼駭人的改變！
難道你深愛的羅莎琳就這麼被你遺棄？
年輕人的情愛都是見異思遷，泯沒良心。
耶穌瑪麗亞！你曾爲了羅莎琳的緣故，
鎮日以淚洗面，爲情消瘦，一蹶不振，
妄流的淚水並未替愛情增添一絲香味！
太陽尙未驅散你向蒼穹所傾吐的怨氣，
我沉沉的老耳依舊殘留著你的呻吟；
瞧，就連你自己面頰上的淚痕也未褪盡。
若你並非作僞，種種悲情亦出自內心，
這些嘆息都應該是因羅莎琳有感而發；
難道你已變心？男人若眞是如此薄倖，

就休怪女人善變負心，朝秦暮楚。

羅密歐：可是你常因我愛羅莎琳責備我。

勞倫斯：我是要你別因戀愛而變得癡狂。

羅密歐：你還要我將愛情埋葬在墳墓裏。

勞倫斯：但我沒要你遺棄舊愛，另覓新歡。

羅密歐：請不要責怪我，

因我現在所愛的與我心相契，

與前一個全然迥異。

勞倫斯：啊！只因她知曉你對她的愛情只是重彈濫調，

戀愛的學分你尚未修習畢業。

可是來吧！朝三暮四的年輕人，跟我來；

我願助你一臂之力，只因為一個原因：

也許因你們的結合得以使兩家前嫌盡釋。

如果眞能如此，這就是一樁天賜良緣了。

羅密歐：我們走吧！我一刻鐘也耐不住了。

勞倫斯：三思而行，急躁誤事。

第四景：勞倫斯神父的教堂

（班夫里奧與麥丘提歐進場）

麥丘提歐：羅密歐上哪兒去了？難道他一夜未歸？

班夫里奧：他是沒回家。我已經問過他的傭人了。

麥丘提歐：唉！羅莎琳那個狠心的女人害慘他了。

班夫里奧：凱普雷特家的泰伯特給他父親寫了封信。

麥丘提歐：是挑戰書。錯不了的！

班夫里奧：羅密歐一定會回函的。

麥丘提歐：會寫字的就會寫回信。

班夫里奧：我敢說他會接受挑戰。

麥丘提歐：唉，可憐的羅密歐！他已形容枯槁，
　被一位蒼白女人的黑眼眸戳破了心；
　一首情歌貫穿了他的雙耳，
　瞎眼的丘比特用箭射穿了他的心！

他還能擋得住泰伯特嗎？

班夫里奧：哈！泰伯特算什麼？

麥丘提歐：他可不是平常的販夫走卒；

不但精節儀，懂禮數，

鬥起劍來按部就班，一板一眼；

不出三步，劍已穿膛而入。

他是個穿著禮服的殺手，是個格鬥專家；

啊，那致命的側擊，反擊，與直中要害的一擊！

班夫里奧：你說什麼？

麥丘提歐：這些古里古怪、裝腔作勢、矯揉造作的傢伙，

說起話來怪腔怪調！「天啊！好一把鋒利的刀子！」

好一個雄壯的漢子！好一個淫蕩的婊子！

他們像是一群惹人煩厭的蒼蠅，

一群滿口時髦法國話的洋鬼子；

他們趨新好異，連坐在舊凳子上都嫌如針刺股。

（羅密歐進場）

班夫里奧：羅密歐來了，羅密歐來了。

麥丘提歐：瞧他一副趾高氣昂的模樣，活像條風乾的鹹魚！

現在他又要唸起佩脫拉克的詩句：

蘿拉比起他的情人，只是個打雜的灰姑娘，

雖然她有個會作詩的情人；

黛多是個蓬頭垢面的村婦；

克莉歐佩拉是吉普賽女郎；

海倫與希蘿都是下流娼妓；

提絲比或許有一雙美麗的灰眼睛，

可是也顯得於事無補。

早安，羅密歐！你昨晚把我們騙慘了。

羅　密　歐：兩位早安！我昨晚騙了你們什麼？

麥丘提歐：你開溜啦，先生！你不懂嗎？

羅　密　歐：對不起，麥丘提歐！我有要緊的事；

在那種情況下，任何人都難免失禮。

（奶媽與彼得進場）

奶　　媽：彼得！

彼　　得：在！

奶　　媽：我的扇子，彼得。

麥丘提歐：好彼得，爲她遮臉吧！因爲扇子比她的臉好看得多。

奶　　媽：早安，各位先生。

麥丘提歐：早安，好女士。

奶　　媽：諸位，有誰能告訴我，年輕的羅密歐身在何處？

羅 密 歐：我可以告訴妳，待妳找著他的時候，
羅密歐已經比妳開始尋訪他時要老一些。
因我無法找到更適切的名字，就叫羅密歐吧！
而在那些叫相同名字的人之間，
我是最年輕的一個。

奶　　媽：您可真會說話啊，先生！
若您真是他，請借一步說些心裏話。

班夫里奧：她要請他晚餐。

麥丘提毆：好個虎姑婆！
羅密歐，你要不要到你父親家？
我們會在那兒吃晚餐。

羅　密　歐：我去去就來。

麥丘提歐：再見囉，老太婆！

（吟唱）

再見囉，「老太婆，老太婆，老太婆！」

（麥丘提歐與班夫里奧退場）

奶　　媽：好，再見吧！
請問，那滿口胡言亂語的傢伙是誰？

羅　密　歐：奶媽，他是一位唸叨不休的紳士，一分鐘說的話比一個月聽的話還多。

奶媽：他要膽敢對我不敬，我會讓他吃點苦頭的。
就算他力氣再大，一次來二十個我也不怕！
要是我對付不了，自會遣人替我修理他。
這個混賬東西！他把老娘看成什麼樣的人？
我可不是那些隨便的女人，由得他取笑我。

（對彼得說）

你居然無動於衷，眼睜睜看著他欺負我。

彼得：我沒瞧見有誰欺負了妳；
要是瞧見了，一定不讓他好過。
遇上打架的事，只要理直氣壯，
我可是從來不落人後。

奶媽：哎喲！真是把我氣得渾身發抖。
對不起，先生，請借一步說話。
我家小姐遣我來向您討個信兒。

不過，醜話我得說在前頭，
您若想騙她白作一場春秋夢，
可是天底下最不道德的事。
我家小姐年紀尚輕，您若騙她，
不管是對哪一家的好姑娘來說，
都是一件傷天害理的卑劣行徑。

羅密歐：奶媽，請代我向妳家小姐致意，
我可以對你發誓——

奶　媽：很好，我就這麼對她說。
上帝啊！她聽見了一定會歡喜的。

羅密歐：奶媽，我要妳轉達什麼？妳可沒聽明白啊！

奶　媽：我就對她說您當我的面起過誓，
算得上是一位正人君子。

羅密歐：妳請她今天下午想個法子出來，
就說要到勞倫斯神父那兒告解，
然後我們就要在教堂裏行婚禮。

這幾個小錢是給妳費心的酬勞。

奶　媽：不！真的，這錢我不能收。

羅密歐：拿著吧！這是應該的。

奶　媽：就今天下午嗎？好，她一準會到。

羅密歐：我的好奶媽，妳就在修道院牆外等一等，一個鐘點內，我會遣人送來一綑軟爬梯；我將用它在神秘的夜裏攀上幸福的高峰。再會了！願妳多費心，我不會虧待妳的。再會！代我向你家小姐致上真心的誠意。

奶　媽：願上帝保佑你！請聽我說，先生。

羅密歐：妳還有什麼未盡之言，好奶媽？

奶　媽：您的僕人可靠不？您難道沒聽說過，兩人知道是秘密，三人知道就非秘密了？

羅密歐：放心吧！我的僕人是再可靠不過了。

奶　媽：我家小姐可是最可人的姑娘——天啊！我記得她還只是個愛多嘴的小東西呢——

哦，城裏有個叫巴里斯的青年，
一直處心積慮想把她搶到手；
他可真是癩蛤蟆想吃天鵝肉吶！
我偶爾對她說巴里斯人還不錯，
她就會氣得面色蒼白一如灰土。

羅密歐：代我向妳家小姐致意。

奶　媽：一定！一定！

（羅密歐退場）

彼得！

彼　得：在！

奶　媽：帶路！開步走！

第五景：凱普雷特家花園

（茱麗葉進場）

茱 麗 葉：我九點時差了奶媽出門；
她答應我半個小時內回歸。
也許她沒遇上他!?不會！
啊！她的腳走起路來跛蹇。
戀愛的使者應如思想一般，
比陽光驅散陰影還快十倍；
維納斯的車以白鴿牽曳，
丘比特也肩揮輕盈的羽翅。
但現在太陽已升上中天，
九點到十二點足足三小時，
可是依然沒瞧見她的身影。
若她是個熱血沸騰的人兒，

她的動作一定如球般敏捷。
一句話就足以拋她飛向情人，
他也可用一句話將她拋回。
可是人老了與死人無二致，
手腳鈍滯，而且呼喚不靈，
慢吞吞沒有一點兒精神。

（奶媽與彼得進場）

茱麗葉：啊，上帝！她終於回來啦！
好心的奶媽，有什麼消息？
妳見著他了嗎？叫他走開。

奶　媽：彼得，你先到門口等著。

（彼得退場）

茱麗葉：親愛的奶媽，啊！妳爲何一臉愁容？
縱然是壞消息，妳也該強顏歡笑；

若真是好消息，就更不該板著臉，
這會憑白糟蹋了好消息的美妙樂章。

奶　　媽：我累壞了，讓我歇歇腿吧！
哎，我的骨頭好痛！我可趕了不少路呢！

茱 麗 葉：我願以自己的骨頭來換得妳的消息。
求求妳，我的好奶媽，別賣關子了！

奶　　媽：天啊！妳窮急個什麼勁兒？
就不能耐住性子等一等嗎？
瞧我連氣都快喘不過來了。

茱 麗 葉：妳既然無法喘氣，又怎麼能說話？
費了這麼多時間磨蹭，倒不如明說，
妳只要先回答我，消息是好還是壞？
答完這個問題，其他事情再細說。
快快對我說明，消息是好還是壞？

奶　　媽：妳這個傻丫頭，不知道該如何挑男人。
羅密歐！不，他不行！他的臉雖俊美，

他的那一雙長腿兒真勝過所有人！
至於手腳和身體，雖然都不值一提，
卻也沒有什麼人可以比得上。
他稱不上彬彬有禮，卻如綿羊般溫柔。
好，看妳的運氣吧！要好好侍奉上帝。
怎麼樣，妳在家裏用過午飯了沒？

茱麗葉：這些話都是白說，我早就知曉，
我要聽他對結婚的事如何表態？

奶　媽：天啊！我頭痛死了！痛得不得了！
就像是硬生生碎成二十塊。
還有我的背；哎呀，這該死的背！
妳好狠的心啊，讓我奔波得要死！

茱麗葉：害妳這樣，我真有說不出的抱歉！
可是我最最親愛的好奶媽呀！
快告訴我，我的情人到底說了什麼？

奶　媽：妳的情人啊！他可真像個老實的紳士，

有禮貌，又和善，人俊美，中規中矩。

對啦，妳母親呢？

茱麗葉：我母親？她除了在屋裏還會在什麼地方？

妳這話轉得多麼古怪呀！

前一句還說我的情人像個老實的紳士，

後一句又馬上問到我母親在什麼地方？

奶　媽：啊，聖母呀！瞧妳急的？反啦！反啦！

難道這就是妳爲我酸痛的筋骨上的藥？

我看，妳以後還是自己去傳話送信吧！

茱麗葉：別再瞎扯了！快講，羅密歐究竟說了些什麼？

奶　媽：妳今天下午可以去教堂告解嗎？

茱麗葉：我已經獲得允許了。

奶　媽：那麼就快到勞倫斯神父的教堂，

有個心急的丈夫在那兒等他的妻子。

害躁啦！瞧妳一張臉紅通通的。

快去吧！我還得上別處搬綑梯子，

待夜來你的情人便可以攀上愛巢。
我連飯都還沒來得及吃吶！

茱麗葉：我要去尋覓幸福的青鳥！
好奶媽，再見了。

（兩人相偕退場）

第六景：勞倫斯神父的教堂

（勞倫斯神父與羅密歐進場）

勞倫斯：願上帝祝福這神聖的結合，
莫在日後懊悔將我們譴責！

羅密歐：阿門！然而不管日後的結果多麼悲哀，
都無法抵過此時短暫一分中內的歡愉。
只要你以聖言將我們的靈魂結爲一體，

勞倫斯：無論侵蝕愛情的死神要如何伸展魔手，
只要能稱她為我的妻子，就了無遺憾。

勞倫斯：狂暴的歡愉會導致狂暴的結局，
會在最得意的剎那，頓時消無；
正如火與火藥一親吻馬上炸光，
最甜的密糖會令味覺麻木無知。
平淡的愛情才能維持恆常，
太急太徐其結果都不會圓滿。

（茱麗葉進場）

勞倫斯：小姐來了！這曼妙輕盈的腳步，
永遠也不會踩破神殿前的磚石；
戀愛中的人履步輕巧如行織網，
隨風飄然行走也無須憂慮傾跌。

茱麗葉：晚安，神父！

羅密歐：啊，茱麗葉！若妳與我同感歡愉，

若妳慧黠的唇齒能宣述由衷的快樂，
就讓空中布滿由妳吐露的芬芳吧！
伴著仙樂，將我倆的歡欣歌頌出來。

茱麗葉：深奧的思想不在乎言語的華麗，
只有乞丐才會數著自己的家財；
眞誠的愛情滿溢我的心田，
我無以數算自己擁有的財富。

勞倫斯：來吧，同我一起及早辦妥！
教會未將你們結合之前，
你們不能私下相偕共生。

（一同退場）

D. Maclise, R.A. T. Landseer.

第一景：維洛納城廣場

（麥丘提歐、班夫里奧、侍童與僕人進場）

班夫里奧：麥丘提歐，行行好，打道回府吧！
天氣燠熱，凱普雷特家的人遍布，
若是遇見了免不得相互鬥毆；
這種熱天最容易讓脾氣暴躁。

麥丘提歐：你就像是一種儒弱的傢伙，
衝進酒店，劍扔桌上，
放聲說：「神佑我無須用劍！」
待兩杯黃湯下肚便亂了性，
無緣由執劍與酒保相鬥。

班夫里奧：我像是這種人嗎？

麥丘提歐：算了，算了！你脾氣暴躁不下任何義大利人，
既容易受人激將生氣，也容易激怒身邊的人。

班夫里奧：然後呢？

麥丘提歐：唉呀！若是兩個這樣的人撞在一起，
準會拼個兩敗俱傷，殺個你死我活。
你會因鬍鬚多少便與人鬥毆爭鬧，
要是瞧見別人炒栗子也會惹你不悅，
只因爲你有一雙栗子色的大眼珠。
除了你誰會如此吹毛求疵無故生事？
你的腦子裏盛滿惹事生非的念頭，
像是雞蛋裏充滿黏稠的蛋黃蛋白。
爲此你曾讓人毆打得一腦子如蛋糊。
一個人在街上乾咳也會惹你不快，
只因他驚醒你那陽光下打盹的狗。
你不也曾和一位裁縫師大吵大鬧，
只因他在復活節前就穿起新的背心。
還有一回他用舊帶子結他的新鞋，
你也因此和他爭鬧個翻天覆地不休。

現在你卻要我不要和別人惹事生非。

班夫里奧：若是我像你一樣愛爭鬧，

不消一刻鐘早沒了性命。

啊，凱普雷特家的人來啦！

麥丘提歐：我可不把他們放在眼裏。

（泰伯特與其他人進場）

泰　伯　特：緊跟著我，我要找他們理論去。

兩位晚安！我想找個人說句話。

麥丘提歐：你只想找個人說句話嗎？

那未免太不成意思了。

你若願與我們較量一番，

我們倒是非常樂意奉陪。

泰　伯　特：只要你給個理由，我絕非怕事的鼠輩。

麥丘提歐：要理由你不會自己想嗎？

泰　伯　特：麥丘提歐，你整日陪著羅密歐四處鬼混——

麥丘提歐：四處鬼混！怎麼，當我們是沿街賣唱的？
要是你眞的把我們當成沿街賣唱的傢伙，
我倒要拉你到一旁貼些刺耳擾人的聲音，
那便是弦上的弓，一拉飽你就聞樂起舞。
混賬東西，竟敢說我們是沿街賣唱的人！

班夫里奧：這裏的人多，說話不方便，
還是找個清靜的地方談談；
要不大夥兒就別意氣用事，
平心靜氣地好好理論一番；
再不然就各過各的獨木橋，
別讓路人群聚對著我們瞧。

麥丘提歐：人們生著眼睛愛瞧就瞧吧！
咱們也別掃了他們的興致。

（羅密歐進場）

泰伯特：好，我要的人來了！不同你們一般見識。

麥丘提歐：他既不靠你吃穿，怎麼能說是你的人？
若你想要領著他去決鬥，他必會奉陪。

泰伯特：羅密歐，我對你滿腔的仇恨，
只能化作一個名字來稱呼你
——你這個惡賊！

羅密歐：泰伯特，我與你無冤無仇，
你這般挑釁我原無法容忍，
但我因有必須愛你的理由，
就不再和你如此斤斤計較。
我並非惡賊，你不瞭解我！

泰伯特：好小子，就算花言巧語，
也無法掩飾你所犯的錯！
快旋過身子，拔出劍來！

羅密歐：鄭重表明，我從未侵犯過你，
而我對你的深愛你無法想像，
除非你得知我深愛你的理由。

凱普雷特，我尊重這個姓氏，
正如尊重我自己的姓氏一樣。
請勿動怒，咱們還是談和吧！

麥丘提歐：啊，多麼可恥的屈服！
只有武力才得以去除。（拔劍）
泰伯特，這九命怪貓，
趕快出劍和我決鬥吧！

泰　伯　特：你要我跟你做什麼？

麥丘提歐：好個貓精！我只想取你九命中的一命，
剩下的八條命，待日後再逐一算明白。
快拔出你的劍，否則休怪我對你無情，
不待你回神，我的劍就會探向你耳際。

泰　伯　特：（拔劍）好，我樂意奉陪！

羅　密　歐：好兄弟，麥丘提歐，快收劍入鞘。

麥丘提歐：來吧！讓我領教你的劍法。

（兩人格鬥）

羅　密　歐：拔劍，班夫里奧，快打落他們的武器。
你們兩個，這算什麼？不要再胡鬧了。
泰伯特，麥丘提歐，
親王已明定不得在維洛納街上鬥毆！
快住手！泰伯特！麥丘提歐！

（泰伯特刺傷麥丘提歐，與隨從一哄而散。）

麥丘提歐：我受傷了！你們兩家活該倒楣！
我掛彩了，他一點傷都沒有嗎？

班夫里奧：啊！你受傷了？

麥丘提歐：唔！一點皮肉傷，但也夠受的了
我的侍僮呢？狗才，快去找大夫。

（侍僮退場）

羅密歐：挺著點兒，老兄！這傷口看來還好。

麥丘提歐：不！它雖沒有一口井深，沒有教堂的門闊，但這傷也夠要命了。你若是明天再打探我，必會得知我已死去，就到墳墓裏來找我吧！我的塵緣已盡，都是你們這兩家子的殘害！豈有此理！狗，貓，耗子可都會咬死人的！這個自大狂妄的傢伙，這殘暴的流氓惡棍，鬥起架來一板一眼，只會依著書本兒耍劍！你爲什麼活見鬼似地跑進我們兩人中間？都是被你一把拉住，我才會冷不防挨劍。

羅密歐：我是出於善意。

麥丘提歐：班夫里奧，快扶我進屋，我就要暈倒了。你們這兩家活該倒楣！我就要死在這裏了。

（麥丘提歐與班夫里奧一同退場）

羅密歐：他是親王的近親，我的至友；

如今卻爲了我的緣故身受重傷。
泰伯特一小時前殺了我的好友，
又四散讒言，誹謗我的名聲。
親愛的茱莉葉！
妳的美貌使我變得懦弱，
也磨鈍了我的剛強之氣！

（班夫里奥再度進場）

班夫里奥：噢，羅密歐啊，羅密歐！
勇敢的麥丘提歐已撒手西歸，
他的英魂已經升上天庭！

羅　密　歐：今日的噩運將會連綿不斷，
怕是一切悲慘結局的開端。

（泰伯特又進場）

班夫里奥：兇神惡煞的泰伯特又來了。

羅密歐：麥丘提歐死了，他卻仍耀武揚威地活著！
而今我只得拋棄親戚的情分與一切顧忌，
讓眼中噴發的復仇之火支配我的行動！
泰伯特，我要你將方才罵我的話收回；
麥丘提歐英靈不遠，正等著你去作伴；
或你或我或同歸於盡，一定有人要陪他。

泰伯特：該死的小子！生前既與他為友，
死後也去陪伴他長眠於黃泉吧！

羅密歐：這一劍足以決定我們的生死。

（兩人擊劍互鬥，泰伯特倒下）

班夫里奧：羅密歐，快走！市民都驚動起來，
泰伯特又死在這裏，別站著發呆；
要是被逮著了，親王準判你死刑。
快離開吧！快離開吧！

羅密歐：唉，眞是造化弄人啊！

班夫里奧：你還在耽擱什麼呀？

（羅密歐退場）

（市民上場）

市　民　甲：殺死麥丘提歐的兇手在何處？
殺人犯泰伯特逃到哪裏去了？

班夫里奧：泰伯特就倒在那裏。

市　民　甲：先生，請跟我走，我以親王的名義命你服從。

（親王率侍眾、蒙特鳩夫婦、凱普雷特夫婦與其他人一同進場）

親　　王：這場械鬥的肇事者在何處？

班夫里奧：尊貴的親王，我可以向您稟明一切。
躺在那裏的是羅密歐所殺死的兇手，
他就是殺害您親戚麥丘提歐的人。

凱　　妻：泰伯特，我親愛的姪兒啊！
親王啊，姪兒啊，丈夫啊！

我親愛的姪兒給人殺死了！
親王啊，您是大公無私的，
這血債可要蒙鳩特家償還。
啊，姪兒啊，我的姪兒啊！

親　王：班夫里奧，是誰先動手？

班夫里奧：就是被羅密歐殺死的這個泰伯特。
羅密歐懇切地勸他放棄爭鬧鬥毆，
並且再三申告您所頒布的禁制令。
他的語調溫和有禮而且態度謙恭，
泰伯特卻對他的話充耳不聞，
好勇鬥狠拔起劍就刺向麥丘提歐；
麥丘提歐也動怒與他惡面相向，
自恃著本領高強無視於致命劍鋒。
泰伯特不但閃躲敏捷且還擊迅速。
羅密歐見狀高聲喊叫命兩人住手！
以矯捷的身手打落兩人所執的利刃，

一旋身橫擋在他們兩個人中間。
泰伯特卻冷不防抽出暗藏的兇器，
趁其不備刺中麥丘提歐的要害，
接著便轉過身驚嚇得逃逸無蹤。
一會兒之後他又回頭來找羅密歐，
羅密歐此時正滿腔怒火無處洩恨，
兩人便閃電般相互鬥毆拔劍相向，
圍觀的旁人還來不及伸手阻止，
殘暴的泰伯特便已中劍身亡了。
羅密歐見他倒臥於地也轉身就逃。
以上所言均屬事實否則願受極刑。

凱　妻：他是蒙特鳩家的親戚，
盡可以徇私隱瞞實情；
二十人參與殘酷的鬥爭，
聯手謀害一個人的生命。
我恭請親王主持公道，

羅密歐必須爲此償命。

親　王：羅密歐殺了他，他殺了麥丘提歐，

那麼，麥丘提歐的命該由誰償還？

蒙特鳩：羅密歐不該償命！他身爲麥丘提歐的知己，

只是替天行道，執行泰伯特應得的死刑。

親　王：爲此，我下令將他驅逐出境；

你們兩造的仇恨已牽連了我，

我的親人也橫陳在血泊之中。

我要以嚴峻的懲罰儆戒你們；

任何哀求辯解與哭泣祈禱，

都無法令我徇情收回成命。

所以無須徒勞妄費心力求情，

儘快想辦法將羅密歐遣送。

若是再讓我瞧見，他必死無疑。

將這些屍首抬去，不得抗命，

寬待兇手無疑就是鼓勵殺人。

第二景：凱普雷特家的花園

（茱麗葉進場）

茱麗葉：踏著雲火的駿馬，快奔回太陽的安息之所；
一如使者費安頓❷鞭策你們飛馳西方，
好讓陰沉的黑夜快快籠罩降臨人間。
展開妳的帷幔吧，成全戀人愛情深沉的夜！
遮隱夜歸人的眼，讓羅密歐投向我的懷抱，
不會被人們窺視，也不會受他們紛紛議論！
戀人得以被釋放，在美貌相互輝映下繾綣；
縱使戀愛確屬盲目，也正好與漆黑的夜相稱。
來吧，莊嚴的夜！這全身黑衣裝束的婦人，
我願受妳的教導，如何在勝利中自甘失敗，

❷費安頓 Phaether，太陽神兒子，獲准駕車一日遊，狂奔馭馬，差點造成災難。

奉獻純潔的童貞，以黑色的紗罩掩飾羞怯；
待我能卸下矜持，不再因表露眞情而慚愧。
來吧，黑夜！來吧，羅密歐！
來吧，你這夜中明亮的白晝！
你睡在黑夜翼上，比烏鴉背上的新雪皎白。
來吧，溫柔的夜！可愛的夜！
請將我的羅密歐引領到這裏！
等到他死的時候，將他化作繁星綴滿天際，
讓世人都愛戀夜，不再盲目崇拜灼眼的太陽。
我買下愛的華廈，然而她還未曾眞的歸屬我；
我雖亦出賣自己，卻也未讓買主將我領回。
漫漫長日難熬盡，一如添購新裝的幼童，
懷著滿心期盼，在節前焦躁地等待天明。

（奶媽攜繩梯進場）

啊，奶媽可來啦！她帶來振奮人心的消息；

從她柔軟的舌尖，將吟唱出天使般的仙樂。
哦！奶媽，有什麼消息？妳帶著什麼來了？
難道那就是羅密歐要妳去取的繩梯？

奶　媽：是的，是的，就是這繩梯。

（將繩梯擲下）

茱麗葉：哎呀！出了什麼事？妳爲何扭著手？

奶　媽：啊，不得了！他死了，他死了！我們完了！
小姐，我們完了！他死了，他被人殺死了！

茱麗葉：上天豈會如此狠心？

奶　媽：上天並不狠心，羅密歐卻下得了如此毒手。
羅密歐啊羅密歐！誰又會料得到是他？

茱麗葉：妳懷什麼鬼胎，竟這般折磨我？
這簡直就像地獄裏煎熬的酷刑。
難道是羅密歐殺死他自己？
妳若回答「是」，而這個字

將比毒龍眼中的光更致命。
若他真死了，妳就回答「是」，
若他沒有死，妳就回答「不」，
兩個簡單的字將決定一生禍福。

奶　媽：我瞧見他的傷口，血淋淋的在胸前。
慈悲的上帝啊！這是我親眼瞧見。
那可憐的屍首，被鮮血染污的身體，
如同灰一般慘白，汩汩滲著紅血，
血漬染滿身子，令我瞧一眼就暈眩。

茱麗葉：啊，我的心已碎！可憐的破產者破碎吧！
失去光明的眼睛，你再也無法重見天日！
俗惡的泥土之軀，止住氣息復歸於塵土，
死去吧！伴隨著羅密歐長眠於黃泉深穴。

奶　媽：啊，是泰伯特，泰伯特呀！
我的摯友，溫文的泰伯特，
他是如此正直勇敢的紳士，

我為何竟會活著見你死去？

茱麗葉：這一陣驟起吹無定向的風暴！
難道羅密歐與泰伯特都死了？
一是我的長兄一是我的丈夫。
殘酷的號角宣布世界末日吧！
我所親愛的人若眞的都死去，
那麼我也無法苟活在人間了。

奶　媽：泰伯特死了，羅密歐被放逐；
他殺害了泰伯特，被驅逐了。

茱麗葉：上帝啊！泰伯特命喪於羅密歐手下？

奶　媽：是的，是的！唉，這是事實！

茱麗葉：啊，花樣的臉龐裏藏著蛇蠍般的心！
優雅的洞府裏竟棲息著殘暴的惡龍？
美麗殘忍的暴君！如天使般的惡魔！
覆著白翎的烏鴉！披著羊皮的豺狼！
聖潔的外袍下竟隱匿著奸邪的本質！

你的內心與外在竟是如此背道而馳，
一個萬惡的聖者！一個莊重的小人！
造物主啊！你爲何縱容這樣的事體？
將地獄的惡靈灌注在天堂的肉體中？
可有內文拙劣的書配上精緻的封面？
誰又知堂皇殿宇中會住著僞善欺騙！

奶　媽：男人信不得，既無眞心又無誠意；
那些無賴虛僞背誓而且反覆無常。
啊，我的僕人呢？快爲我斟杯酒；
這些悲傷與煩惱頻頻地催我老去。
願恥辱與天譴降臨在羅密歐身上！

茱麗葉：發如此毒咒，妳的舌頭會生瘡！
任何恥辱從不曾與羅密歐爲伍；
它不敢妄自侵犯他的眉宇與神目，
因爲那是君臨天下的榮光寶座啊！
我方才還辱罵他，眞是畜牲不如！

奶　媽：他殺死妳的兄長，妳還爲他辯護？

茱麗葉：他是我的丈夫，我能說他壞話嗎？

我可憐的丈夫，連三小時的妻子

都可以這般凌辱污蔑你神聖的名聲，

還能期望誰給你一句溫柔的慰詞？

但你這惡徒，爲何殺死我的兄長？

他若不殺長兄，也可能因他而死。

愚蠢的淚水，流回你的源頭吧！

這涓涓細流原是爲悲情而傾注，

但是你卻錯把它呈現給喜悅之情。

我的良人還活著，而泰伯特死了，

他企圖爲害我的良人卻未能得逞，

這分明是喜訊，爲何還要哭泣？

還有兩個字比泰伯特的死更扎心，

像是一把利刃不偏不倚刺中胸口；

我極欲忘記卻怎麼也無法擺脫，

它已牢牢攀附在我的記憶裏頭，
正如罪人心中得不著寬恕的罪愆。
「泰伯特死了！羅密歐被放逐！」
這放逐二字宛若殺了萬個泰伯特。
泰伯特的死便足以教人傷痛欲絕，
倘若禍不單行伴隨著其他慘事，
必須銜接在這樣不幸的消息之後，
爲何不是父親與母親雙雙亡故，
如此尚能引發出一點常情的哀悼。
泰伯特的死訊後卻有更大的打擊，
羅密歐的放逐帶有無窮的殺傷力，
這等於宣告父親，母親，泰伯特，
羅密歐與茱麗葉全都一起喪命，
其中所蘊含的悲傷筆墨無以形容。
奶媽！我的父母目下身在何處？

奶　媽：他們正撫著泰伯特的屍首號啕痛哭，

妳要去見他們嗎？讓我領妳前往吧！

茱麗葉：讓他們以眼淚洗滌他的傷口，
我的淚水只為羅密歐存留。
收起繩梯吧！這可憐的繩梯，
懷抱著兩人的失望捲曲縮捆，
因為羅密歐已經遭人放逐；
他要藉著你作為相思的鵲橋，
而我將因獨守空閨玉殞香消。
來吧，繩梯！來吧，好奶媽！
我要睡在這張柔軟的新床上，
將我寶貴的童貞獻給死神。

奶　媽：那麼妳快回房吧！我去找羅密歐來安慰妳。
我聽說，羅密歐今晚一定會來這裏探望妳。
我知道他在何處，就在勞倫斯神父的教堂。

茱麗葉：啊，快去吧！將這枚戒指交給他，
催促他來與我作最後一次訣別。

第三景：勞倫斯神父的教堂

（勞倫斯神父進場）

勞倫斯：羅密歐，快出來，快出來吧！
苦難相中了你的才器，
與你結下了不解之緣。

（羅密歐進場）

羅密歐：神父，如何？親王怎麼判決？
還有什麼我未知的不幸要發生？

勞倫斯：我的好孩子，你的不幸已經太多！
容我來向你報告親王殘酷的判決吧！

羅密歐：除了死罪，還有他判嗎？

勞倫斯：他的判決非常溫和，
不是死罪而是放逐。

羅密歐：哈！這種放逐無異死罪，
因爲放逐比死罪還可怕。

勞倫斯：你必須離開維洛納。
別擔心，世界廣闊無邊！

羅密歐：出了維洛納便沒有世界可言，只有煉獄和苦刑！
從維洛納被放逐，等於從世界被放逐，一如死亡。
將死稱爲放逐，無疑是用利斧斬首，再暗自竊笑。

勞倫斯：哎呀，眞是罪過！你怎可如此負恩?!
你所犯的過錯依法應當處死，
幸虧親王仁德，特別對你網開一面，
才能夠將你必受的死罪更爲放逐；
這浩大的宏恩你卻不知欣然領受。

羅密歐：此爲酷刑而非恩典。茱麗葉所在之處便是天堂，
這裏的一隻貓，一隻狗，或毫不起眼的小耗子，
都可以生活在天堂裏，都可以瞻仰她的容顏，
只有我，這可憐的羅密歐，卻連一眼也瞧不見。

即使是腐屍上的蒼蠅都能一親她冰晶玉潔的手，
也可以對她百般獻媚，從她的唇邊竊取幸福；
她櫻桃般的雙唇是如此純淨貞潔，含羞帶嬌，
彷彿它們自己上下相吻也都是一種不赦的罪過；
而我卻比蒼蠅還不如，只能做個被放逐的浪人。
在這種悲慘的情況之下，你能說放逐不是死嗎？
難道你有調好的毒藥、磨利的刀子當作兇器？
無論是什麼致命的方法，都不比放逐來得駭人。
放逐！啊，神父！只有地獄的冤魂才會這麼做；
你是仁慈的教士，聽人悔罪的神父，我的朋友！
怎能用「放逐」這兩個殘忍的字眼傷害我？

勞倫斯：你這癡心的瘋子，耐心聽我說句話。

羅密歐：哦！你又要再次談起放逐的事了。

勞倫斯：我要給你一副盔甲，好抵擋那兩個字。
這一套生存的哲學，能助你度過放逐生涯，
即便是在困境之中，也如飲甘露。

羅密歐：還是「放逐」？我不要什麼哲學！
除非這哲學可以再造一個茱麗葉，
可以遷徙城邦，撤消親王的判決。
否則它對我有何用處？別再說了。
勞倫斯：唉！顯然瘋子是不生耳朵的。
羅密歐：智者既不長眼，瘋子又何須生耳？
勞倫斯：我們來討論現在的處境吧！
羅密歐：你無法談論未曾感同身受的事。
若你同我一樣，茱麗葉是妻子，
結婚才一小時，就殺了泰伯特；
若你像我一樣熱戀一樣被放逐，
你才有資格可以對我評斷一切；
那時你也會緊揪著自己的髮絡，
仆倒在地爲自己量未掘的墳塚。
（內傳叩門聲）

勞倫斯：快起來！有人在敲門。羅密歐，躲起來吧！

羅密歐：不！除非是發自痛心的嘆息，

像雲霧一般將我完全蒙蔽，

好讓前來搜尋的人看不見我。

（叩門聲）

勞倫斯：聽，這門敲得又響又急！

是什麼人在外面敲門啊？

羅密歐，再不快點起來，

你就要被他們逮著了；

等一等——快站起來！

（叩門聲）

趕快躲進我的書房。

來啦！瞧你就是不聽話！

來啦！是誰在屋外敲門？

（叩門聲）

奶　媽：是誰把門敲得又響又急？
你從何處來？有什麼事？

勞倫斯：（內應）請讓我進來稟明一切，
我是茱麗葉小姐遣來的差役。

勞倫斯：好極了，快請進來！

（奶媽進場）

奶　媽：神父啊神父！羅密歐呢？
我家小姐的姑爺在何處？

勞倫斯：在那兒哭得淒楚悲慘的就是他。

奶　媽：好一對命運乖舛的鴛鴦！
我家小姐也正和他一樣，
倒在地上哭得傷心欲絕！
起來！若您是個男子漢，

　　　爲了茱麗葉，站起來吧！
　　　爲何你要如此傷殘自己？
羅密歐：奶媽！
奶　媽：姑爺啊姑爺！人難免一死的。
羅密歐：妳不是提起茱麗葉嗎？她怎麼啦？
　　　我用她至親的血染污我們的新婚，
　　　她難道不會視我如殺人的兇犯？
　　　她在何處？她怎麼了？她還好不？
　　　我這秘密的新婦究竟說了什麼？
奶　媽：啊！她什麼也沒說，只是哭個不停；
　　　時而倒臥床上，時而猛然躍起；
　　　一會喊著泰伯特，一會喚著羅密歐。
羅密歐：那名字就像從槍口彈出一般，
　　　正中目標射進她的心房，
　　　一如我殘害了她至親的兄長。
　　　啊，請告訴我，親愛的神父！

我的名字在我身上哪個惡處？
我好親手將它徹底搗毀殲滅。

（羅密歐拔劍）

勞倫斯：快放下你鹵莽的手！這還算是個男子漢嗎？
你的外表像個男人，卻流著婦人般的眼淚；
你粗暴無理的舉動，正像一頭喪狂的野獸。
你這留著鬚眉的懦夫，你這人獸不分的畜類，
眞想不到你的性格竟然會如此缺乏涵養。
你已經殺死泰伯特，難道還要殺死自己？
這萬劫不復的暴行，不也等於殘害了小姐？
你爲何怨天由人，痛恨自己生不逢時？
天地茹苦地生養你，你卻要親手毀滅自己。
你辜負堂堂的儀表，辜負滿腔的熱情智慧，
你的儀表只是空殼，沒有一點兒男子氣慨；
你的盟誓只是虛言，傷害你所珍愛的情人；

你的理智失了分寸，無法再駕御你的情感，
它成了愚妄的謬見，像是上了槍膛的火藥，
被笨拙的士兵點燃，莫名其妙傷了自己。
起來吧，我的孩子！茱麗葉還好好活著，
你該爲此感謝上帝，這是第一件慶幸的事；
泰伯特原要殺了你，你卻失手殺了他，
你也該爲此感謝，這是第二件慶幸的事；
法律明定殺人償命，但你只被判決放逐，
你更要因此感謝神，這是第三件慶幸的事。
幸福著盛裝迎向你，你卻對她絲毫不理睬，
你如此不知感恩，必遭天妒又遇天譴。
快去會見你的情人，以眞情的話語安慰她；
趁巡邏者尚未出發，趕緊離開前往曼多亞。
你先在曼多亞安頓，待我們尋獲適切良機，
宣布了你們的婚姻，和解兩家親族的仇恨，
並向親王求取特赦，就歡喜地召喚你回來。

奶　媽：哦，主啊！這樣的嘉言明訓，我願整晚傾聽；
請奶媽先通報小姐，催促她家人早早就寢。
遭逢如此變故，這是很容易辦到的事。
請妳對茱麗葉明說，羅密歐就要來見她了。

這眞是有學問者口出的慧心之語！我的姑爺！
我馬上就去通報小姐，說您就要去探望她了。

羅密歐：請她先準備好一頓責罵我的話。

奶　媽：這是小姐託我送來的戒指。
天色已晚，請盡快動身吧！

（奶媽退場）

羅密歐：我現在又重獲力量了！

勞倫斯：去吧！晚安！你的處境本是如此。
當趁巡邏警衛尙未搜察前快脫身，
否則就要設法在黎明前易裝潛逃。
放心地安頓在曼多亞，倘若有事，

我將隨時將好消息遣人通報給你。
將你的手交給我，我好爲你祝福。

羅密歐：若非無與倫比的喜悅向我招手，
這樣匆匆告別必會令我神傷。
再會！

（兩人相偕退場）

第四景：凱普雷特家中一室

（凱普雷特偕同妻子與巴里斯進場）

凱普雷特：先生，寒舍剛遭逢變故，尚未開導小女。
您也知曉，她與兄長泰伯特至爲友愛，
我也是。唉！人難免一死，故不便再述。
現在時辰已晚，想必她不會踏出房門了。

不瞞您，若非大駕光臨，我也早已上床。

巴里斯：我在此傷慟之際也不便求婚。

晚安夫人！代我向令嬡致意。

凱　妻：明日一早我就去探探她的意思；

今夜她已懷著滿腔悲情關門了。

凱普雷特：巴里斯伯爵，我可以大膽爲女兒作主。

關於這件事，她應不會違抗我的意旨。

將巴里斯伯爵的一番愛慕之情轉達她；

並且清楚告知她，在星期三的時候——

且慢，且慢！今天是星期幾啊？

巴里斯：星期一。

凱普雷特：星期一！那星期三太匆促了些。

星期四！就這麼拍案決定了吧！

對她說，星期四她得嫁給伯爵。

預備的時間夠嗎？會太急促嗎？

這婚禮也不需要太過鋪張奢華，

略請幾位至親好友觀禮便足夠。
泰伯特剛剛過世，實不宜宴樂；
若是在家中大肆歡慶婚禮派對，
恐落旁人閒語，對死者亦不敬。
因此邀請三五好友來舉行儀式，
既莊重又不失禮。星期四如何？

巴里斯：我企盼星期四便是明天。

凱普雷特：好，去吧！就定下星期四了。
請夫人上床前去看看茱麗葉，
讓她在良辰吉時前先作準備。
再會，伯爵！時間已經晚了，
一眨眼便要天明，不留客了。

第五景：茱麗葉的臥室

（羅密歐與茱麗葉進場）

茱麗葉：你一定要離去嗎？天仍未明呢！
那刺耳聲是夜鶯而非雲雀，
她每晚都歇在石榴樹上淺淺低吟。
相信我，那一定是夜鶯的歌聲。

羅密歐：那是前來報時的雲雀，不是夜鶯。
瞧，愛人，晨曦已在東方泛白，
夜晚璀璨的星光早已燃燒殆盡，
白晝躡著手腳踏上朦朧的山巔；
我若不離去，必在這裏束手就擒。

茱麗葉：那明光並非晨曦，是太陽射出的一顆流星，
它將在今夜爲你引路，照亮你到曼多亞。
再多留片刻吧！你無需急著離去啊！

羅密歐：就讓我被他們捉拿，被他們處死吧！
只要是妳的意思，我就會無怨無悔。

天邊的灰白色不是黎明的雙眼，
而是自月亮的眉宇反射的微光；
響徹雲霄的歌聲也非出自雲雀之口。
我情願留在這裏，一輩子都不離開。
來吧，死神？我張臂迎接你的到來，
因爲這是茱麗葉的意思。我的靈魂，
趁著天仍未明，我們來談妥條件吧！

茱麗葉：天亮了，天亮了！快去吧，快去吧！
那聲嘶力竭的聲音正是雲雀的催促。
人說雲雀的歌聲優美甜蜜婉轉動人，
這一隻卻不然，她唱著離別的哀歌！
人說雲雀曾與醜陋的蟾蜍換過眼睛，
啊！我願他們的聲音也彼此換過來，
因爲那聲音催你快些離開我的懷抱，
她用農閒的歌頌敦促你離開這個地方。
啊！快走吧！天色越來越明亮了。

羅密歐：天越來越亮，我的心卻越來越灰澀。

（奶媽進場）

奶媽：小姐！

茱麗葉：奶媽？

奶媽：妳母親就要到這兒來了。

天已明亮，多留心點兒！

（奶媽退場）

茱麗葉：窗啊！讓白晝進來，驅走生命吧！

羅密歐：再會！再會！再吻一回我便下去。

（面向窗口爬下）

茱麗葉：我的摯愛，我的夫君，你就這麼離去嗎？

我必須分分秒秒得知你一點一滴的消息。

每一分鐘對我來說都是漫漫難熬的寒冬。

如此數算起來，當我再次見到羅密歐時，
想必早已年華褪逝，如殘花凋零般老去。

羅密歐：再會了，我最愛的人！
我將不輕棄任何機會，
向妳傳達我深情蜜意。

茱麗葉：啊！你想我們還能再見嗎？

羅密歐：一定會的！今日一切的悲苦，
將會是來日甜蜜的根基。

茱麗葉：上帝啊！我有一種不祥的預感；
看著你，我彷彿見到白骨屍骸。
也許是我的雙眼已昏花不明，
也或許是你的面容太過慘白。

羅密歐：親愛的，在我眼中的妳亦然。
憂傷早已吸乾我們的血液！
再會了！再會了！

（羅密歐退場）

茱麗葉：命運啊命運，人人都說你反覆無常；
若眞如此，又如何對待忠貞的人？
願你不要更改如此善變無常的天性，
停止扣留羅密歐，早早將他釋放。

凱　妻：（在內喊）女兒！妳起來了嗎？

茱麗葉：是誰在叫我？是我母親嗎？
難道她這麼晚了還未就寢？
還是她這麼早就已經起床？
什麼原因促使她到這裏來？

（凱普雷特夫人進場）

凱　妻：喔！怎麼啦，茱麗葉？

茱麗葉：母親，我不太舒服。

凱　妻：還再爲妳的兄長頻頻拭淚？

妳想用自己的淚水澆醒他嗎？
再多的淚水都無法讓他復活；
所以不要再哭了，要節哀啊！
適切的悲慟可以表明眞情，
濫情的傷感卻顯得失了理智。

茱麗葉：還是讓我爲此盡情流淚吧！

凱　妻：妳大可放聲痛哭，
但是已失去的親人，
仍無法哭喚回來。

茱麗葉：這樣令我錐心刺骨的痛楚，
叫我怎麼也無法止住淚水。

凱　妻：好了！逝者已矣，妳也無需再感悲哀。
只是，那害他送命的惡棍還留在人間。

茱麗葉：什麼惡棍，母親？

凱　妻：就是羅密歐那個惡棍。

茱麗葉：（旁白）惡棍與他相距千萬里——

上帝啊，求你饒恕他！
我願以全心寬容他；
我是為此痛哭流涕，
無人像他這樣傷我心。

凱　妻：那是因為這惡棍兇手還活著。

茱麗葉：是的，我恨不得緊握他在手中！
但願我能夠親手報這弒兄之仇。

凱　妻：妳無須擔心，這仇我們一定得報。
這亡命之徒已經潛逃到曼多亞，
我將遣人一路跟蹤尾隨他前往，
用稀有的劇毒讓他去陪伴泰伯特！
到那時候妳的心一定會獲得滿足。

茱麗葉：除非我能瞧見羅密歐在我眼前死去，
否則我可憐的心將不斷為親人悲痛！
母親，若您真能找到願意下毒的人，
我將親手調配毒藥，讓他安然睡去。

凱　妻：唉，只要提起他的名字就叫我難過，
我多麼切望可以馬上趕到他的面前，
親口告訴他我是如此敬愛我的長兄。
妳預備好毒藥，我來找合適的人。

茱麗葉：可是，我現在卻有好消息要通報。
在這樣悲傷的時刻竟會有好消息。
請問母親，是什麼樣的好消息？

凱　妻：妳可有個細心體貼的好父親吶，好孩子！
爲了替妳排憂解悶，他挑了個大喜之日，
不但妳想像不到，就連我也料想不出。

茱麗葉：母親，是什麼大喜之日啊？

凱　妻：我的乖女兒，星期四早晨，
那位風流倜儻的巴里斯伯爵
將要在聖彼得教堂娶妳爲妻。

茱麗葉：我以聖彼得教堂的名起誓，
我堅決不作他幸福的新娘。

世間事何以如此倉促，
他還沒有前來向我求過婚，
我倒已先作了他的妻子。
母親，請代我轉告父親，
我現在還沒有出嫁的意願；
若眞想嫁也不會嫁給巴里斯，
寧可嫁令我痛心的羅密歐。
這可眞是出人意表的消息！

凱　妻：妳父親來啦！妳自己對他說，
看他願不願聽你這番鬼話。

（凱普雷特與奶媽一同進場）

凱普雷特：日頭西沉，空中漫著濛濛薄霧；
姪兒死去，卻有大雨爲他送葬。
怎麼？成了噴泉了？還再流淚？
淚雨到現在一直未曾停歇？

妳纖弱的軀體有船有海也有風；
妳的眼是海，淚潮在那裏漲退；
妳的身是船，在淚海上航行；
妳的氣是風，在海上狂肆吹拂。
羸弱的身子禁不住洶湧的波濤，
只怕會在翻騰的海浪中淹沒。
妻子，妳沒將好消息告訴她嗎？

凱　妻：我說了，但她要謝謝你一番好意。
她不嫁！這傻丫頭就當我沒生過。

凱普雷特：且慢，妻子，把話說明白。
她不嫁人？她不稱心如意？
像她這樣一個愚蠢的傻丫頭，
有那麼高貴的紳士做她的新郎，
她不感恩？她還不滿足？

茱 麗 葉：你這樣做，我只有萬分感激；
但你無法勉強我去喜歡一個人，

何況我對他一點好感都沒有。

凱普雷特：胡說八道！聽聽這是什麼鬼話！

滿嘴喜不喜歡，感不感激！

我不要妳喜歡，也不要妳感激，

只要妳星期四到教堂與他成親；

妳若不願，就裝木籠拖過去。

好個賤丫頭，不知恥的女孩！

奶　　媽：上帝保佑她！老爺，您不該這樣責罵她。

凱普雷特：什麼該不該！聰明的老太婆，誰要妳多嘴？

閉上妳的嘴，要說話就去找三姑六婆談吧！

奶　　媽：我又沒說什麼僭越的話。

凱普雷特：閉嘴，妳這嘮叨的婆娘！

妳根本沒有資格在這裏教訓我。

凱　　妻：你脾氣太急躁了。

凱普雷特：老天爺！我都快被她氣瘋了；

時時刻刻，不管白天或晚上，

獨處沉思或與他人相聚閒談，
我心裏總不斷盤算這件事；
好不容易覓得一位有為青年，
出身高貴，有錢有地有教養，
不愧是天生注定的理想男子；
偏偏這不懂事愛啼哭的丫頭
硬要把進了門的福氣往外推，
滿口我不嫁人，我年紀還小，
我不能戀愛，請你們原諒！
妳若不嫁，我願給妳自由：
這屋子容不下妳，隨處去吧！
妳給我想明白，我說到做到；
星期四迫在眉梢，考慮清楚。
若妳是我女兒，就得聽我的話
倘若不順從，那麼上吊也罷！
或作乞丐，或挨餓，或死去，

所有境遇都將與我無干係！
我將會永遠不再認妳爲女兒，
家中財產妳也絲毫分不得。
相信我的話，我絕不反悔！

（凱普雷特退場）

茱麗葉：上天知道我的苦情，但祂不願慈憫我嗎？
啊！親愛的母親！請不要遺棄悲苦的女兒！
將這件事延後吧，哪怕只一天，或一星期，
若不答應，就將我的床安在泰伯特的墳裏。

凱　妻：不要對我說話，因爲我沒有話好說。
這一切由妳！我再多言也管不上了！

（凱普雷特夫人退場）

茱麗葉：哦，上帝啊！奶媽，我該怎麼阻止這件事？
我的良人尚在人間，我的誓言也上達天廷；

除非我的良人已死，才得以收回我的誓言。
請妳給我一些慰藉，爲我作主想想辦法吧！
上天竟是如此殘忍，作弄我這樣的弱女子！
妳仍然是沉默不語，一句安慰的話都不說？

奶　媽：好，那妳聽清楚！羅密歐已經被放逐了；
除非他偷溜回來，否則妳再也見不到他。
事情既已成定局，最好還是與伯爵成婚。
他是可愛的紳士，羅密歐只算一塊抹布；
他的雙眼比鷹更碧綠，更銳利，更動人。
說句不該說的話，他比第一任丈夫更好！
妳第一個丈夫雖還活著，但卻與死無異！

茱麗葉：妳這番話是發自內心嗎？

奶　媽：不但發自內心，更是出自靈魂！
倘有半句虛言，願靈魂下地獄。

茱麗葉：阿門！

奶　媽：什麼？

茱麗葉：妳已給我莫大的慰藉，
走吧，去告訴我母親，
就說我因得罪父親，
找勞倫斯神父告解去了。

奶　媽：這才像話，是明智之舉。

（奶媽退場）

茱麗葉：這老兀鷹！這可怕的妖精！
她竟然要我現在背棄鹽誓；
過去她不斷誇讚我的良人，
現又用同一張嘴詆毀他！
去吧，我的顧問！從此
妳將不再是我深信的心腹。
我最好去向神父尋求協助，
若是連他也覺得黔驢技窮，
到頭來也只好一死明志了。

（茱麗葉退場）

第四幕
D. Maclise, R.A.
T. Landseer.

第一景：維洛納城勞倫斯神父的教堂

（勞倫斯神父與巴里斯一同進場）

勞倫斯：星期四嗎，先生？時間未免太倉促了些。

巴里斯：這是我岳丈凱普雷特的意思。
他既如此性急，我也不願拖延。

勞倫斯：你說自己尚未得知小姐的心意，
我不贊成這種片面決定的事情。

巴里斯：爲了泰伯特的死，她鎮日以淚洗面；
愁容滿面的屋內，愛神亦不展歡顏。
她父親見她傷心，恐怕會發生意外，
才決定趁早完婚，免得她悲哀過度。
獨處最容易傷感，結伴能排遣愁懷。
期望您可以諒解這婚事匆促的原因。

（勞倫斯的旁白）

勞倫斯：眞希望自己不知道這婚事爲何延緩。你瞧，伯爵，這位小姐到教堂來了。

（茱麗葉進場）

巴里斯：妳來得正好，我的愛妻！

茱麗葉：等我眞作了您的妻子，再如此稱呼我吧！

巴里斯：親愛的，到星期四，一切就變成事實了。

茱麗葉：事實是無法避免。

勞倫斯：那是必然的道理。

巴里斯：妳是來向神父告解的？

茱麗葉：回答您這句話，便是向您告解了。

巴里斯：請不要在他面前否認妳對我的愛。

茱麗葉：我願意在你面前坦承對他的愛。

巴里斯：妳必然也願意當我的面承認妳愛我。

茱麗葉：在您背後承認要比當面承認容易。

巴里斯：可憐的人！淚已損毀妳的美貌。

茱麗葉：淚水並未獲得勝利，
　　容貌未被它損毀前，
　　早已銷殘不成人形。

巴里斯：妳不應如此誹謗自己的面容。

茱麗葉：我指著自己的臉起誓，
　　這是實情，不是誹謗。

巴里斯：妳的臉也是屬於我的，
　　眞不該如此屈辱她。

茱麗葉：或許是吧！但她已不屬於我。
　　神父，請問您現在是否有空？
　　還是我待晚禱的時候再過來？

勞倫斯：憂愁的孩子，我有空的。
　　伯爵，必須請您先行離開。

巴里斯：我不敢打擾你們的告解。

茱麗葉，待星期四早晨，
我會滿懷欣喜地喚醒妳。
再會，請收下神聖的一吻。

（巴里斯退場）

茱麗葉：啊，神父！請關上門陪我一起流淚吧！
沒希望了，無法補救了，無可挽回了！

勞倫斯：哦，茱麗葉，我已深知妳的苦楚，
卻一直想不出一個萬全之策。
我聽聞妳得在星期四與伯爵成婚，
沒有絲毫可加以拖延的可能。

茱麗葉：神父，不要對我說你已知曉一切，
除非你能指點我應該如何避免；
若是你的智慧仍無法幫我脫離，
那麼我只誠心懇求贊同我的決心，
我便可以立即用這把刀了斷一切。

上帝將我與羅密歐的心結合一起，
這雙手是在你的見證之下結合；
若我這雙手還要再與其他人結盟，
或要我背叛忠貞投進別人的懷抱，
請容我以這把刀砍斷背盟的雙手，
掏挖出這顆不容寬赦的叛變之心。
請您以自己豐富的閱歷來指點我，
否則您瞧！這刀便是仲裁的利器，
裁定您的才智所無法解決的難題；
而我也只好以一死來表明忠心了。

勞倫斯：且慢，女兒！我已洞悉一絲希望，
但那是一種非常激烈的終極手段，
如此才能抵禦妳面臨的殘酷變故。
若妳因爲不願與巴里斯成婚，
能斷然立下視死如歸的決心，
想必妳也願嘗試詐死的一方，

盡一切所能避免這樣的恥辱。
倘若妳肯冒險一試，便聽我細述。

茱麗葉：啊！只要可以不必嫁給巴里斯，
你可以命我從塔頂雉堞上跳下；
你可以叫我在盜賊的路徑上行走；
你可以將我藏身在蛇虺魍魎之地；
你可以把我與咆哮的惡熊鎖一處；
更可以囚我在白骨成堆的地窖，
讓那些腐臭焦黃的骷髏淹沒我；
或是要我躺進一座新砌的墳塚，
隱身在殮衾之下我也無怨無悔。
只要能讓我活著作忠貞的妻子，
任何教人聽來心驚膽顫駭人的事，
我都會毫不遲疑心無畏懼地去做。

勞倫斯：好，放下刀，安安心心回家去，
喬裝滿心歡喜答應嫁給巴里斯。

明天就是星期三妳必須一人獨寢，
別讓奶媽在臥房裏陪妳同睡；
上床後便將這瓶藥水一口氣飲盡，
一股寒冷昏沉感將貫流全身，
接著脈搏便無法活動而漸漸停歇，
體溫與氣息也都無法證明妳活著；
妳身體的每一部分都如死之僵冷。
這與死無異的狀態有四十二小時，
然後妳便會從一場酣眠中醒過來。
當新郎在清晨催促妳起身，
就會赫然發現妳早已氣絕身亡。
按著我們的習俗他們會爲妳盛裝，
用靈車載妳至凱普雷特家的墳塋。
我會緊快捎信遣人送給羅密歐，
說明計畫並要求他火速趕回；
我與他會一直守著等待妳甦醒，

妳一醒便讓他連夜帶妳到曼多亞。

只要妳不臨時變卦或心生恐懼，

這方法一定可以助妳避開恥辱。

茱麗葉：給我！快給我！不要對我提懼怕二字！

勞倫斯：去吧！願妳心意篤定，剛強壯膽。

我要派一位修士將信送到曼多亞，

把這項計畫的詳情稟明給羅密歐。

茱麗葉：愛情啊，請賜我力量吧！

妳的力量就足以搭救我。

再會了，神父！謝謝您！

（兩人一同退場）

第二景：凱普雷特家的廳堂

（凱普雷特偕同妻子與奶媽、家僕同時進場）

凱普雷特：邀請的客人全都在這名單上。

（甲僕退場）

你去僱二十個有本事的廚師。

乙　僕：您放心，我會試試他們會不會舔指頭。

凱普雷特：你為何要這樣試他們？

乙　僕：不會舔指頭的都是壞廚子，這些廚子我不會僱用。

凱普雷特：那就趕快去吧！

（乙僕退場）

這一回實在讓人措手不及。

什麼，女兒去找勞倫斯神父了？

奶　媽：是的。

凱普雷特：也罷！或許他正可以勸勸這丫頭。
她可眞是個固執而愚蠢的女孩呀！

奶　媽：瞧她已告解完畢，高高興興回來了。

（茱麗葉進場）

凱普雷特：怎麼樣，倔強的孩子！
妳又浪蕩到何處去了？

茱麗葉：我自知忤逆不孝，違背您的命令，
特地到教堂告解懺悔自己的過錯。
現在我願聽從勞倫斯神父的指示，
跪在此地請求您寬心爲懷的赦免。
從今爾後我將永遠聽從您的命令。

凱普雷特：請伯爵來，告訴他婚禮將改在明天早上。

茱麗葉：我已經在勞倫斯神父的教堂見過他了，

而且也在不越禮法的範疇內對他示意。

凱普雷特：太好了！我非常高興。
起來吧！妳這麼做不會錯。
快去請伯爵，我要見他！
這全都得感謝上帝的宏恩！
全城人都會感戴祂的厚賜。

茱麗葉：奶媽，請陪我進房，爲我打理衣飾，
好爲明天早上的一切作好萬全準備。

凱　　妻：不妥！還是到星期四再說吧！急什麼呢？

凱普雷特：去吧，奶媽！去準備明天的婚禮。

（奶媽與茱麗葉一同退場）

凱　　妻：現在預備恐怕來不及；天色已晚了。

凱普雷特：噓！我來張羅。瞧著吧！明天一切都會就緒的。
妳快去爲茱麗葉打扮。我今晚怕是睡不著了。
喂！喂！家裏的差役都死到哪裏去了？算了吧！

我乾脆自己跑上一趟，通知巴里斯明天作新郎。
這倔強的孩子能回心轉意，眞教我心裏高興非常。
（兩人相偕退場）

第三景：茱麗葉的臥室

（茱麗葉與奶媽進場）

茱麗葉：唔，那些衣服不錯！只是奶媽，
您今晚就不必再陪我一起睡了。
我要獨自一人誠心向上帝祈禱，
乞求祂寬恕我過往的一切罪行，
並保佑我將來年年歲歲的幸福。

（凱普雷特夫人進場）

凱　　妻：怎麼，妳在忙嗎？需不需要我幫妳？

茱麗葉：不！明天所需的一切我已打理妥當，
現在請您讓我一個人安靜地獨處吧！
這事太匆促，就讓奶媽整晚陪著您。
您一定有許多忙不完的事要處理吶！

凱　　妻：晚安！早點睡！妳需要有充足的休息

（凱妻與奶媽退場）

茱麗葉：再會了！上帝知道我們何時再見。
依稀有一股寒顫竄進我全身的血脈，
彷彿要將我熾熱的生命凍結！
我要喚她們回來安慰安慰我。奶媽！
喚她有何用，這苦杯必須由我親嚐。
喝吧！但若是這瓶藥無效該怎麼辦？
不！這刀會阻止我。你躺在那兒吧！

（將匕首置於枕邊）

若這眞是毒藥，是神父狡獪的計謀，
因爲他已爲我和羅密歐證過了婚，
恐我再與他人成婚毀損他的聲譽，
所以刻意要我服下這毒藥置我於死；
這有可能是眞，但我想不至如此，
他一向是衆所公認德高望重的人士，
我眞不該懷有這種卑劣無恥的想法。
但若我在墓中醒來羅密歐仍未趕到？
我豈不得在悶不透氣的地窖中死去？
即便不死，躺在那黑暗陰森的地窖，
與百年來祖先的古屍骨骸爲伍，
還有那方才入殮鮮血淋淋的泰伯特。
常言道，鬼魂一入夜便會歸返墓穴；
啊，若我醒得太早，必須置身其間，

那惡臭的氣息與悽厲的慘叫包圍我，
面對那些駭人的東西我該如何是好？
難道我不會瘋狂地撫弄祖先的骸骨？
難道我不會將泰伯特拖出他的殮衣？
難道我不會拾起一根老祖宗的白骨，
不顧一切將自己發瘋的腦袋敲裂？
啊，瞧！那不正是泰伯特的冤魂？
他正追趕那用劍刺穿他的羅密歐。
等一等，泰伯特！等一等，羅密歐！
我來了，我將爲你飲盡這瓶藥水！

（倒在幕內的床上）

第四景：凱普雷特家的廳堂

（凱普雷特夫人與奶媽同時進場）

凱　妻：奶媽，拿走鑰匙，添點兒香料。

奶　媽：點心房裏正喊著要棗子和溫桲。

（凱普雷特進場）

凱普雷特：來，速度快點！雞已啼了兩次，熄燈鐘也已打過三點。好安吉莉亞，當心看好烤肉餅，別把餅烘焦，不要太節省。

奶　媽：去！去！別管我們女人家的事。您整夜不眠，怕明天未病先倒。

凱普雷特：瞎說！我也曾爲了不打緊的事徹夜未眠，從來也沒出過什麼岔子，生過什麼病。

凱　　妻：是啊，你年輕時也愛四處偷香，
現在可別想再到處風流胡鬧啦！
（凱妻和奶媽退場）
凱普雷特：醋罈子！醋罈子！
（三、四個家僕持肉叉、木柴與提籃進場）
凱普雷特：喂，這是哈玩意兒啊？
僕 人 甲：老爺，這都是廚子要的東西。
凱普雷特：快去！快去！
（僕人甲退場）
喂，再挑點兒乾木柴來這裏。
去問彼得，他知道放在哪裏。
僕 人 乙：老爺，我自己也長著眼會挑的，
用不著拿這點兒小事去煩彼得。

（僕人乙退場）

凱普雷特：說得好！你這淘氣的小雜種！哎呀，眞是的，天已經亮了！伯爵馬上就會領著樂師上這來。

（内有奏樂聲）

我聽見他已漸漸走近。奶媽！夫人！喂，奶媽人呢？

（奶媽進場）

凱普雷特：快去喚醒茱麗葉，爲她梳妝打扮。我要去找巴里斯談天去了。快去！大夥兒動作加快！新郎來啦！

（一同退場）

第五景：茱麗葉的臥室

（奶媽進場）

奶　媽：喂，小姐！小姐！茱麗葉！她準睡沉了。
喂，小綿羊！小姐！哼！妳這個懶丫頭！
喂，親愛的！小姐！心肝！美麗的新娘！
怎麼不出聲啊？妳儘量地貪睡片刻吧！
因爲今天晚上伯爵不可能容妳安睡。
上帝赦免我！瞧她睡得多麼恬靜安詳。
可是無論她睡得多熟我都必須喚她起床。
小姐！就讓伯爵自己攀上床把妳驚醒吧！
怎麼？妳都妝扮好啦，爲什麼又睡了？
我一定要叫醒妳！小姐！小姐！小姐啊！
哎喲！我家小姐死啦！啊，我的命好苦！
來人吶！快拿酒來！老爺啊！夫人啊！

（凱普雷特夫人進場）

凱　妻：吵什麼呀？

奶　媽：好悲慘的一天啊！

凱　妻：出了什麼事？

奶　媽：您瞧！您瞧！我太傷心了！

凱　妻：哎呀！我的孩子！我唯一的生命啊！
求妳趕快醒來，趕快睜開妳的眼睛，
否則我情願隨妳一起死去！救命啊！

（凱普雷特進場）

凱普雷特：還不喚茱麗葉出來，新郎都等在樓下了。

奶　媽：她死了，她死了！好慘啊！

凱　妻：她死了，她死了，她死了！

凱普雷特：什麼！讓我瞧瞧吧！哎呀！她的身體冰冷，
她的血液停滯不流，她的手腳僵硬不動，

她的口中了無生息，她的雙眼不再睜明。
死神如同寒霜般降臨在她柔軟的身上，
就像冷冽的寒冬摧殘了初綻的鮮嫩嬌花。

奶　媽：啊，眞叫人傷痛欲絕！

凱　妻：啊，眞叫人肝腸寸斷！

凱普雷特：死神奪去了我的愛女，
令我悲傷得無言以對。

（勞倫斯神父、巴里斯與樂師一同進場）

勞倫斯：新娘預備好上教堂了嗎？

凱普雷特：她早已備妥動身，然而這一去將不再回來。
啊，賢婿，死神在你新婚前夜擄獲你的妻子。
她躺在那裏，彷彿一朵被人摧殘的鮮花。
死神才是我的新婿，他與我的女兒共眠了。
我也將要死去，身後的一切都將留給他！

巴里斯：難道我眼巴巴盼到今晨，

就為了看見這悲慘的一幕？

凱　妻：這可恨的日子永無休止地運行著！
她是我的獨生女，令人愛憐的女孩，
我唯一的安慰，就這樣被死神奪去！

奶　媽：悲慘啊！悲慘啊！好悲慘的日子啊！
這眞是我一生中最傷痛難過的一天！
啊，這日子！這可恨的日子竟然降臨！

巴里斯：可恨的死神，欺騙了我，殺害了她，
拆散了我的姻緣，破壞了一切美好。
愛人啊！生命啊！都已經全然隕滅，
獨留下這已被死神吞蝕殆盡的愛情！

凱普雷特：慘澹的命運，你為何來破壞我們的盛禮？
我的女兒啊！妳已死去不再是我的孩子！
我的女兒死了，我的快樂也將隨之埋葬！

勞倫斯：鎮定吧！這樣哭鬧無濟於事。
上天和你們共同擁有這個好女兒；

現在她已爲上天獨有，這是恩典，
因你們無法避免她肉體恆久不死，
上天卻能使她的靈魂獲得永生。
你們極力爲她鋪陳美滿的前途，
將你們的幸福全寄託在她的身上；
現她已高升上天，卻仍哭泣不休？
她正享受著畢生最甘美的幸福，
你們卻如同發狂似地嚎哭吵鬧，
這豈是你們向女兒表達愛的方式？
與其結婚後平淡一世老殘凋零，
倒不如帶著結婚的歡愉辭世幸福。
擦乾你們的眼淚，爲她撒上鮮花，
按習俗爲她盛裝後送到教堂來。
愚癡的天性雖促使我們傷心落淚，
但眼淚在理性的眼中卻顯得可笑。

凱普雷特：喜悅的婚慶如今成了悲傷的葬禮；

歡欣的樂聲如今成了悲鳴的喪鐘；
喜宴變為喪席，而祝歌變為輓曲，
新娘美麗的捧花要隨她一同殉葬，
所有既定的事都必須反其道而行。

勞倫斯：先生，您進去吧！夫人，您也陪著他！
巴里斯伯爵也去送這美麗的死者下葬。
上天的忿怒，已經降臨在你們的身上，
千萬別再違逆，以免招致更大的災禍。

（凱普雷特夫婦與巴里斯、勞倫斯神父一同退場）

樂師甲：此話不假，咱們也收笛子吧！

奶　媽：啊，好兄弟們，收拾起來吧
這真是一場教人傷心的橫禍！

（奶媽退場）

（彼得進場）

彼　得：眾樂師，請爲我奏一曲〈心裏的歡樂〉吧！如果你們還要我繼續活著，就請爲我奏樂！

樂師甲：爲什麼要奏〈心裏的歡樂〉呢？彼得，

彼　得：啊！樂師，因我心中不斷吟唱著那曲〈滿懷悲傷〉，所以，請你們爲我奏一曲快活的歌，安慰安慰我吧！

樂師乙：不，現在不是奏樂的時刻。

彼　得：你們眞的不肯奏樂。

眾樂師：不奏。

彼　得：那麼我就給你們——

樂師甲：你要給我們什麼？

彼　得：不是錢，而是一場痛痛快快的奚落！我說你們是一群沿街賣唱的叫化子。

樂師甲：若我們是叫化子，你便是狗奴才。

彼　得：狗奴才的刀這就擱在你們的頭頂上；

我要用刀在你們頭上敲出一聲音符來。

樂師乙：且慢！君子動口，小人動手。

彼　得：好！那麼我將用唇槍舌劍對付你們，一定殺得你們抱頭鼠竄奔逃無門。有本領的就像男子漢回答我的問題：

「悲哀傷痛的心靈，憂鬱縈繞於胸懷，唯有音樂的銀聲——」為何是銀聲？為什麼一定要形容成「音樂的銀聲」？賽門．凱特林，你要如何解釋這句話？

樂師甲：因為銀子的聲音清脆悅耳。

彼　得：說得好啊！修利培克，你呢？

樂師乙：因為樂師是為打賞而奏的。

彼　得：說得好啊！吉姆桑特，你呢？

樂師丙：老實說，我並不清楚原因。

彼　得：啊！我忘了你只是個唱歌的，就請讓我為你講解個仔細吧！

之所以說成「音樂的銀聲」，
因樂師演奏到老也賺不到錢：
「唯有音樂的銀聲，
可以迅速解人憂。」

（彼得退場）

樂師甲：好個讓人生厭的傢伙！

樂師乙：這該死的狗奴才！咱門且慢回去，
待送殯的客人到齊就吹他兩聲，
好好吃他們一頓飯再打道回府。

第五幕

D. Maclise, R.A.　T. Landseer.

第一景：曼多亞的街道

（羅密歐進場）

羅密歐：若是夢中的美麗幻像得以成眞，
我的夢必預兆著將有喜訊傳來；
我的心靈恬適，整日精神振奮，
喜樂的念頭讓我覺得一身飄然。
我夢見自己的愛人看見我死了。
好個奇怪的夢，死人也會思想！
她吻著我，將生命的氣息吹入；
我復活了，並且成爲一位君王。
僅是愛的幻影就足以令我歡愉，
若能擁有眞愛，該是何等甜密！

（鮑爾沙澤進場）

羅密歐：鮑爾沙澤啊！是維洛納的消息?!
是不是神父遣你捎信給我？
我的愛人好嗎？我的父親好嗎？
容我再問一次，茱麗葉可安好？
只要她安好，一切也都必然美好。

鮑爾沙澤：那麼她是安好的，一切都是美好的！
她的身體長眠在凱普雷特家的墳塋，
她永生的靈魂與天使長聚於天堂中。
我親眼見她被下葬在家族的墓穴裏，
所以立刻頭也不回地快馬來告知您。
少爺！恕我爲您帶來這個殘忍噩耗，
但這是您所吩咐我的，我必須盡職。

羅密歐：竟有這種事！命運，我要詛咒你！
你知道我的住處；爲我預備紙筆，
雇下兩匹快馬，我今夜就要動身。

鮑爾沙澤：請您鎮定啊，少爺！

您的面色慘白倉皇，
恐怕是有不祥之兆。

羅 密 歐：胡說，你看錯了！快去把事情辦妥。
等等，神父難道沒有託你帶信給我？

鮑爾沙澤：沒有，少爺。

羅 密 歐：算了，你去吧！雇兩匹好馬，我就來。

（鮑爾沙澤退場）

好，茱麗葉，我今晚就要來伴妳長眠。
讓我想想辦法。啊！恐怖罪惡的念頭！
你如此迅速便鑽進一個絕望者心裏！
我想起一個賣藥郎中，他就在附近，
我曾看見他一身襤褸衣衫在撿拾藥草；
他形體消瘦貧窮將他煎熬得不成人樣；
他門可羅雀的鋪子裏懸掛著一隻烏龜，
一隻剝皮鱷魚，外加幾張稀疏的魚皮；

他屋內的架上散落著一些空洞的匣子，
綠瓦罐，發霉的囊胞種籽和幾段麻繩，
還有幾片陳年乾玫瑰花瓣聊以綴飾。
瞧他那般寒酸的模樣，我便對自己說，
在曼多亞販賣毒藥會立即被處死，
倘若有誰需要，有個糟老頭會賣給他。
啊，沒料到這個惡念竟會應驗於自己，
這窮老頭的毒藥卻是賣給我的。
我記得這兒就是他的鋪子。
大門深鎖!?
喂！賣藥郎中啊！我來向你買藥了！

賣藥人：是誰在大聲喊叫？

羅密歐：老闆，我瞧你窮，這是四十塊錢，
請給我一些可以迅速致命的毒藥，
好讓厭世的人一飲散盡全身血管，
立刻停止呼吸身體僵凝驟然倒斃，

正如火藥從砲膛中轟然爆發一般。

賣藥人：這種劇毒之藥我有，
但曼多亞是禁售的，
違者必須處以極刑。

羅密歐：難道你這般窮苦還怕死？
饑寒的烙痕印在你的頰上，
貧困的迫害顯現在你的眼中，
輕蔑卑賤重壓在你的背上；
這世界對你並不友善公平，
世間的法律也無法規範你；
因爲沒有法律可以令你致富。
你何苦如此耐著貧窮渡日？
休管法律儘管收下錢吧！

賣藥人：我的貧窮答應你，但我的良心卻反對。

羅密歐：我的錢付給你的貧窮，而非你的良心。

賣藥人：將這帖藥溶進任何液體喝下，

就算你有二十名大漢的力量，
也會在一眨眼間立刻喪命。

羅密歐：這是你應得的錢，那才是殘害靈魂的毒藥，
在齷齪的世界中，它比禁售的毒藥更厲害；
你沒有賣我毒藥，而是我將毒藥賣給了你。
再見，買點吃的，將自己的身子骨養胖些。
來，這並不是毒藥，而是爲我解憂的仙丹。
我要好好借重你，一起到茱麗葉的墳上去。

（兩人各自退場）

第二景：維洛納，勞倫斯神父的教堂

（約翰神父進場）

約　翰：聖芳濟修士！師兄，你在哪兒？

（勞倫斯神父進場）

勞倫斯：是約翰師弟的聲音。歡迎你從曼多亞歸來！
羅密歐怎麼說？若他有回信，就趕快給我吧！

約　翰：我原本打算尋個伴同行，
他正好在城裏探視病人，
卻被巡邏人一頭撞見了，
疑心我們進了瘟疫之家，
硬是鎖上門扣留了我們，
因此耽誤了曼多亞之行。

勞倫斯：誰將信送給羅密歐呢？

約　翰：這信沒能送出去，我又將它帶回來了；
旁人害怕染上瘟疫，無人願意伸出援手。

勞倫斯：糟了！這信輕忽不得，非常重要；
若真是耽誤了，恐會引起大災難。

約翰師弟，快爲我預備一支鐵鋤。

約　翰：好師兄，我馬上去拿。

（約翰退場）

勞倫斯：我現在必須獨自前往墓地。
再三小時茱麗葉就將醒來，
羅密歐對這事絲毫不知情。
她一定會責怪我的疏失。
我要再寫一封信到曼多亞，
讓她先留在我的住處等候，
直到羅密歐趕來這裏。
這具美麗而可憐的活屍，
竟被囚禁在一座死人墓裏！

（勞倫斯神父退場）

第三景：凱普雷特家的墓園

（巴里斯與侍僮攜鮮花與火炬進場）

巴里斯：孩子，把火炬給我。走開，站到遠處去！
還是把火捻熄了吧！我實在不願讓人瞧見。
你到紫杉木下扒著，將耳朵緊貼地面，
若是聽見腳步聲，踉蹌地走近墳墓，
便趕緊吹哨通知我。依了我的話去做吧！

侍僮：（旁白）我眞不敢獨自待在墓地，
但還是得硬著頭皮一試。

（侍僮後退）

巴里斯：這些鮮花爲妳鋪蓋床褥；
慘哉！這帳幕竟是塵沙。
我要以熱淚來噴灑新床，

和花香水澆灌妳的墳塋；
夜夜到妳墓前散花落淚，
哀嘆這段無休止的思念。

（侍僮吹哨）

這孩子警告我有人來了。
是誰敢在夜裏到這兒來，
打擾我對愛人眞情弔唁！
什麼！他竟然帶著火炬？
容我暫躲一旁窺視動靜。

（巴里斯後退）

（羅密歐與鮑爾沙澤持火炬和鍬鋤進場）

羅密歐：把鋤頭和鐵鍬給我。且慢，拿著這封信；
待天一亮，你就拿著這封信去見我父親。
快將火炬給我，無論你聽見或瞧見什麼，

儘管聽我吩咐，遠遠站著不要輕舉妄動。
若是你敢礙事，我就要了你的這條小命。
我要進到墳裏，除了探望我深愛的女子，
還要取下她手指上一枚用途寶貴的戒指。
你趕快離開吧！若你真敢窺伺我的行徑，
我將對天發誓，我一定會把你拆骨碎肉，
讓這塊饑餓的墓地上散滿你的肢體骸骨。
我的心情狂暴，比惡狼猛虎更兇悍無情。
千萬別惹怒我，否則後果將會不堪設想。

鮑爾沙澤：少爺，我絕不打擾您。

羅密歐：這才夠朋友。錢你拿去！

鮑爾沙澤：（旁白）話雖這麼說，我還是要在一旁偷看著；
他臉色慘白，他的企圖令人心生畏懼。

（鮑爾沙澤後退）

羅密歐：無情的泥土吞蝕了我的可人兒！

我要用全力撬開你腐臭的嘴，

（將墓掘開）

索性再讓你吞蝕一人吃個飽足。

巴里斯：這是那驕傲已被放逐的蒙特鳩！

他殺了我愛人茱麗葉的兄長，

據聞她正是因傷心過度而夭亡！

現在這傢伙竟敢來掘墓盜屍，

我一定要設法制止他殘酷的惡行。

（走上前去）

萬惡的蒙特鳩！停止你的罪愆。

難道你害她還害得不夠徹底？

你還要在她身上發洩仇恨？

該死的兇手，還不束手就擒！

羅密歐：我就是該死，所以才到這裏來。

請不要激怒一個罔顧死活的人；
好傢伙，不要管我，快點離開！
想想這些死人也該教人膽寒了。
不要再激怒我免得使我又犯罪；
啊！快走吧，我可以對天發誓，
我對你的愛遠遠超過自己，
因為我到此地正是要戕害自己。
別再逗留，好好珍惜你的生命，
以後若是遇見人也才好對他說，
是一個瘋子發慈悲叫你逃走。

巴里斯：我才不聽你胡言亂語；
你是罪犯，我要逮捕你。

羅密歐：你非得要惹火我？那麼看劍吧，孩子！

（兩人格鬥）

侍　僮：哎喲！天啊！他們打起來了，

我得趕快去找巡邏的人過來。

（侍僮退場）

（巴里斯倒下）

巴里斯：啊！我死了！若你仍有幾分仁慈，

就打開了墓將我葬在茱麗葉身邊。

（巴里斯嚥了氣）

羅密歐：好吧！我願意成全你。讓我瞧瞧他的面容。

啊！麥丘提歐的親戚，尊貴的巴里斯伯爵！

當我一路馭馬而來，僕人曾說過幾句話，

我因爲心思煩亂，沒能將話聽進耳裏。

他彷彿告訴我巴里斯將娶茱麗葉爲妻。

他眞是這麼說？還是我錯誤的夢境意會？

亦或是我因聽見茱麗葉的名字而起的幻覺？

啊，讓我握你的手！我們同是天涯淪落人，
我將要把你葬在一座輝煌勝利的墓穴裏。
這眞是一個墓穴嗎？啊，不是的！少年人，
這是一座燈塔，茱麗葉長眠在這個地方，
她的美貌綻放光明，使這裏成爲璀璨的廳堂。
死去的人安息吧！一個將死的人安葬你了。

（將巴里斯放在墓中）

人在臨死之際，往往會覺得心中充滿歡愉，
旁觀者便會說這是臨死前一陣迴光返照；
哎！這是我的迴光返照嗎？啊，我的妻子！
死神雖然已經吸去妳呼吸中芳美的氣息，
卻還沒有能力摧毀妳容光煥發的美貌；
絲毫不見冷酷的死神在那裏烙下蒼白的痕跡。
泰伯特，你也裹著血淋淋的殮衣在那裏嗎？
你的青春葬送在敵人之手，我來爲你復仇，

我將親手格殺那個害你送命的殘暴惡徒。
原諒我吧，兄弟！我還能為你效勞什麼？
啊！茱麗葉，妳為何仍是如此美麗動人？
難道那些虛無可怕的死神也是多情人？
將妳藏匿在這個幽暗的地府作他的情婦？
為了護衛妳，我將伴妳長眠於此永世廝守；
我要留在這裏，作妳的僕人與蛆蟲為伍；
啊！我終於得以從厭世的軀殼中掙脫束縛。
眼睛，瞧最後一眼！手臂，作最後的擁抱吧！
嘴唇，這呼吸的門戶，請用一個合法的吻，
與網羅一切的死神訂立一個永久的契約！
來啊，苦口的嚮導！來啊，絕望的領港人！
將那艘厭倦風濤的小舟在山巖上撞擊粉碎！
為了我所摯愛的人兒，我將飲盡這一苦杯！

（羅密歐飲下了藥）

啊，賣藥人所言不虛，我在這一吻中死去！

（羅密歐嚥了氣）

（勞倫斯神父提燈荷鋤，自墓園另一端進場）

勞倫斯：聖法蘭西斯保佑！我這一雙不中用的老腳今晚在墓園中不住絆跌。啊，那邊是誰？

鮑爾沙澤：是一個朋友，也是您熟識的人。

勞倫斯：上帝祝福你！告訴我，親愛的好朋友，何人的火炬在那裏！枉自燃亮蛆蟲骷髏？它所在之處似乎是凱普雷特家的墳塋。

鮑爾沙澤：是的，神父，是我的主人，也是您的好朋友正在那裏。

勞倫斯：他是誰？

鮑爾沙澤：羅密歐。

勞倫斯：他來多久了？

鮑爾沙澤：約半點鐘了。

勞倫斯：陪我到墓地。

鮑爾沙澤：我不敢，神父！我的主人不知我尚未離去，他曾嚴辭恫嚇，若我敢窺視他的一舉一動，他將枉顧情面，親手拔刀，將我置於死地。

勞倫斯：那麼你留在原處，我自己去吧！啊！驚駭恐懼降臨在我身上，一股不祥之兆自心底油然而升。

鮑爾沙澤：當我在這紫杉樹下打盹片刻，夢見了我的主人與另一人格鬥，而那個人被我的主子殺了。

（勞倫斯趨前一步）

勞倫斯：羅密歐啊！這墓門前染了何人的血跡？這靜謐之處何以會有兩柄無主的刀劍？

（勞倫斯神父進墓）

哦，羅密歐！他的臉色多麼慘白僵凍！
啊，還有誰？巴里斯也血淋淋地躺著！
殘酷的時辰，竟發生如此悽慘的意外！
啊，她醒了，我見到茱麗葉開始動彈。

（茱麗葉醒來）

茱麗葉：哦，仁慈的神父！我的良人呢？
我很清楚自己應當就是在這裏，
那麼，我親愛的羅密歐在何處？

（內傳喧鬧聲）

勞倫斯：我聽見喧鬧聲。趕快走啊，小姐，
快離開這蟲毒瘴氣的巢穴啊！
無法抵擋的力量阻撓了我們的計畫。
走吧！妳的良人已在妳懷中死去，
巴里斯也先一步被羅密歐殺死。

我將會爲妳找一處僻靜的修道院。
不要再盤問我，巡夜人就要來了。
來，茱麗葉，我們不能再耽擱。

茱麗葉： 去吧，你儘管離去吧！我不想走。

（勞倫斯神父退場）

這是什麼？愛人手中緊握的杯子？
我知道了，一定是毒藥了結了他。
貪噬的人，你竟不留下一滴給我？
讓我吻你的唇，或許還殘留一些，
這便足以讓我當興奮劑服下而死。

（茱麗葉親吻羅密歐）

啊，羅密歐！你的雙唇依舊溫暖！

巡丁甲：（在內）帶路，孩子！怎麼走啊？

茱麗葉： 有人來了？那麼我必須加快速度。

啊，一把刀子！這就是你的刀鞘；

（茱麗葉握住羅密歐的匕首自殺）

你已進入的我腹中，讓我死去吧！

（茱麗葉仆倒在羅密歐身上死去）

（巡夜人與巴里斯的侍僮一起進場）

侍　僮：就是這裏，那火炬燃亮的地方。

巡丁甲：地上都是血。搜查這片墓地，
若是見著可疑者馬上抓起來。

（若干巡丁退場）

慘哉！伯爵被人殺了躺在這，
茱麗葉的胸口也淌流著鮮血。
她雖已埋葬在此處過了兩天，
但身子尚溫暖似乎才死不久。

待我報告親王通知凱普雷特，
然後再將蒙特鳩家人也喚醒。
再下去數人到處仔細搜一搜。

（若干巡丁再退場）

我們看見這些人慘死在這裏，
但是在未尋獲目擊證人之前，
事實的眞象便無法清楚得知。

（若干巡丁領著鮑爾沙澤進場）

巡丁乙：這是羅密歐的僕人，我們在墓地旁發現他。

巡丁甲：把他押管住，待親王前來審問。

（若干巡丁領著勞倫斯神父進場）

巡丁丙：這位教士從墓地旁邊跑了出來，
神色慌張，一路嘆息一路流淚。

巡丁甲：他荷鋤扛鍬，現已被我們拿下。他涉嫌重大。將教士收押看管。

（親王及其侍從進場）

親　王：天色尚早，發生了什麼禍事，打斷攪擾我清晨的安眠。

（凱普雷特夫婦與其餘人等進場）

凱普雷特：外面這般喧囂，出了什麼事？

凱　妻：衆人高喊著羅密歐、茱麗葉、巴里斯，他們紛紛群情沸騰地跑向我們的墓園。

親　王：究竟出了什麼事，如此震撼我的雙耳？

巡丁甲：親王，巴里斯伯爵被殺死在那裏；羅密歐也是。就連已死的茱麗葉，她的身體尚溫，又被人殺了一次。

親　王：明察秋毫，將這命案的眞相查出來。

巡丁甲：這裏有一位教士和羅密歐的僕人，

他們兩人都各自拿著掘墓的器具。

凱普雷特：天啊，妻子！瞧我們的女兒倒在血泊中！

這刀插錯地方，空鞘仍留在蒙特鳩身上，

然而它卻狠狠地戮進我們女兒的胸口。

凱　妻：這般慘狀就像驚心動魄的鐘聲，

警告風燭殘年的我將不久人世。

（蒙特鳩與數人進場）

親　王：來，蒙特鳩，你雖來得早，

但是你的兒子卻倒得更早。

蒙特鳩：殿下，我妻子因哀傷小兒的放逐，

已經不幸在昨天晚上與世長辭；

現在還會有什麼禍事與我作對？

親　王：看吧！看了你就會知道了。

蒙特鳩：你這不孝子！竟搶在我之前鑽進墳墓？

親　王：暫且閉上你哀傷的口，
待我們將詳情問明，
知道了事情的原委，
你再放聲大哭一場！
也許我的悲哀更勝於你！
將嫌疑犯一一帶上來。

勞倫斯：天時不利人亦不和，在這場悲慘的血案中，
我雖力量贏弱，卻是最大的嫌疑犯。
我現站在親王面前，一面懺過一面辯解。

親　王：那麼就快道出一切詳情吧！

勞倫斯：我要將事情的經過長話短說，
短促的殘生怕不夠讓我敘述完整。
已死的羅密歐是茱麗葉的丈夫，
已死的茱麗葉是羅密歐的妻子，
他們兩人的婚禮由我主持。
然而就在他們秘密成婚的那日，

泰伯特卻在當天驟然身死，
這位新郎也因此被放逐出城。
茱麗葉的哀痛憔悴全是爲了他。
你們爲了要讓她解除抑鬱煩憂，
自作主張強迫她許婚巴里斯。
她神色倉皇不知所措地來見我，
深怕二次成婚背棄了她的忠貞，
還企圖在我的修道院自縊。
所以我便循了醫療的藥方調配，
讓她喝下安眠藥水昏沉睡去；
她果如預期像死一般地沉睡。
在此同時我亦捎了信給羅密歐，
遣他在這悲慘的夜晚到這兒來，
幫我將她移出這寄居的墓穴。
但爲我捎信的約翰神父出了意外，
昨天晚上將信原封不動帶回。

我也才決定按著她預醒的時間，
獨自來此墓中將她帶出，
並且預備把她隱匿在修道院裏，
待一切打理妥當再喚來羅密歐。
孰料當我在她醒來前來到這裏，
巴里斯與羅密歐便雙雙慘死。
茱麗葉一清醒我就央她離去，
勸她耐心接受上天無情的安排；
但我因聽見雜沓的人聲而逃走，
她在萬分絕望中不肯同我離去。
依此情況她肯定是自殺無疑。
這是我所知道的一切經過情形，
至於婚禮的事奶媽也知詳情。
若這場悲劇是因我的疏失引起，
我願以這將殘的老命抵償。
請您讓我早些從罪惡中脫困吧！

親　王：我一向知曉你是德高望重之人。
羅密歐的僕人呢？他有何話說？

鮑爾沙澤：我將茱麗葉的死訊通報了主人，
他才因此十萬火急地趕來這裏。
他命我一早將這封信轉交老爺，
還恫嚇我不能夠窺伺他的行逕，
否則將不留情面地置我於死地。

親　王：將信交給我，待我詳閱。
報案的那名伯爵的侍僮呢？
你的主人為何到這兒來？

侍　僮：他帶了鮮花散在夫人的墳上，
遣我遠遠離開，我便依了他。
不一會來了個持火炬的傢伙，
他竟然揮鋤鐽地將墳墓撬開。
我的主人於是拔劍與他格鬥，
我驚惶地逃開去找巡丁報案。

親　王：這封信證實了神父所說的話，
講起他們的戀愛與她的辭世；
他自賣藥人的手中取得毒藥，
打算在墓穴中與茱麗葉長眠。
那兩家世仇在哪兒？
凱普雷特，蒙特鳩，瞧瞧吧！
這是你們的仇恨招致的懲罰。
上天假愛情之手奪去了愛人，
而我也曾經因疏忽這種仇恨，
痛失了一對摯愛的親人！
所有人都因此同遭懲罰了。
凱普雷特：啊，蒙特鳩老兄，容我握你的手；
這是你所能給我女兒最好的聘禮，
除此之外，我再也不能要求什麼。
蒙 特 鳩：我所能給她的卻更多。
我將以純金爲她雕塑一座像，

只要維洛維城尙存一天，
絕不會有比她更美麗的塑像。

凱普雷特：羅密歐也將有座金像倒臥在他愛人的身旁，
好用來爲我們兩家的仇恨作微不足道的贖罪。

親　王：清晨帶來了淒楚的和平，
太陽也愁煩得不願露臉。
大家先回去發幾聲哀嘆，
該寬恕該懲罰再聽宣判。
古往今來多少離合悲歡，
誰曾見過這般神傷黯然。

（所有人相偕退場）

〈全劇終〉

威廉·莎士比亞

威廉·莎士比亞（William Shakespeare 一五六四年4月26日～一六一六年4月23日）是英國文學史上最傑出的戲劇家，也是西方文藝史上最傑出的作家之一，全世界最卓越的文學家之一。他流傳下來的作品包括38部戲劇、154首十四行詩、兩首長敘事詩和其他詩歌。他的戲劇有各種主要語言的譯本，且表演次數遠遠超過其他戲劇家的作品。

莎士比亞在雅芳河畔斯特拉特福出生長大，18歲時與安妮·海瑟薇結婚，兩人共生育了三個孩子：蘇珊娜、雙胞胎哈姆內特和朱迪思。16世紀末到17世紀初的二十多年期間莎士比亞在倫敦開始了成功的職業生涯，他不僅是演員、劇作家，還是宮內大臣劇團的合伙人之一，後來改名爲國王劇團。一六一三年左右，莎士比亞退休回到雅芳河畔斯特拉特福，三年後逝世。有關莎士比亞私人生活的記錄流傳下來很少，關於他的性取向、宗教信仰、以及他的著作是否出自他人之手都依然是謎。

一五九〇年到一六一三年是莎士比亞的創作的黃金時代。他的早期劇本主要是喜劇和歷史劇，在16世紀末期達到了深度和藝術性的高峰。接下來到一六〇八年他主要創作悲劇，莎士比亞崇尚高尚情操，常常描寫犧牲與復仇，被認爲屬於英語最佳範例。在他人生最後階段，他開始創作悲喜劇，又稱爲傳奇劇，並與其他劇作家合作。在他有生之年，他的很多作品就以多種版本出版，水準和準確性參差不齊。一六二三年，他所在劇團兩位同事出版了《第一對開本》，除兩部作品外，目前已經被認可的莎士比亞作品均收錄其中。

莎士比亞在世時被尊爲詩人和劇作家，但直到19世紀他的聲望才達到今日的高度。並在20世紀盛名傳至亞、非、拉丁美洲三大地區，使更多人了解其盛名。浪漫主義時期讚頌莎士比亞的才華，維多利亞時代像英雄一樣地尊敬他，被蕭伯納稱爲莎士比亞崇拜。20世紀，他的作品常常被新學術運動改編並重新發現價值。他的作品直至今日依舊廣受歡迎，在全球以不同文化和政治形式演出和詮釋。

莎士比亞的創作生涯通常被分成四個階段。到一五九〇年代中期之前，他主要創作喜劇，其風格受羅馬和義大利影響，同時按照流行的編年史傳統創作歷史劇。他的第二個階段開始於大約一五九五年的悲劇《羅密歐與茱麗葉》，結束於一五九九年的悲劇《尤利烏斯·凱撒》。在這段時期，他創作了他最著名的喜劇和歷史劇。從大約一六〇〇年到大約一六〇八年爲他的「悲劇時期」，莎士比亞創作以悲劇爲主。從大約一六〇八年到一六一三年，他主要創作悲喜劇，被稱爲莎士比亞晚期傳奇劇。

最早的流傳下來的莎士比亞作品是《理查三世》和《亨利六世》三部曲，創作於一五九〇年代早期，當時歷史劇風靡一時。然而，莎士比亞的作品很難確定創作時期，原文的分析研究表明《泰特斯·安特洛尼克斯》、《錯誤的喜劇》、《馴悍記》和《維洛那二紳士》可能也是莎士比亞早期作品。他的第一部歷史劇，從拉斐爾·霍林斯赫德一五八七年版本的《英格蘭、蘇格蘭和愛爾蘭編年史》中汲取很多素材，將腐敗統治的破壞性結果戲劇化，並被解釋爲都鐸王朝起源的證明。它們的構成受其他伊莉莎白時期劇作家的作品影響，尤其是托馬斯·基德和克里斯托夫·馬洛，還受到中世紀戲劇的傳統和塞內卡劇作的影響。《錯誤的喜劇》也是基於傳統故事，但是沒有找到《馴悍記》的來源，儘管這部作品的名稱和另一個根據民間傳說改編的劇本名字一樣。如同《維洛那二紳士》中兩位好朋友贊同強姦一樣，《馴悍記》的故事中男子培養女子的獨立精神有時候使現代的評論家和導演陷入困惑。

莎士比亞早期古典和義大利風格的喜劇，包含了緊湊的情節和精確的喜劇順序，在一五九〇時代中期後轉向他成功的浪漫喜劇風格。《仲夏夜之夢》是浪漫、仙女魔力、不過分誇張滑稽的綜合。他的下一部戲劇，同樣浪漫的《威尼斯商人》，描繪了報復心重的放高利貸的猶太商人夏洛克，反映了伊莉莎白時期觀念，但是現代的觀衆可能會感受到種族主義觀點。《無事生非》的風趣和俏皮、《皆大歡喜》中迷人的鄉村風光、《第十二夜》生動的狂歡者構成了莎士比亞經典的喜劇系列。在幾乎完全是用詩體寫成的歡快的《理查二世》之後，一五九〇年代後期莎士比亞將散文喜劇引入到歷史劇《亨利四世第一部》、第二部和《亨利五世》中。他筆下的角色變得更複雜和細膩，他可以自如地在幽默和嚴肅的場景間切換，詩歌和散文中跳躍，來完成他敘述性的各種成熟作品。這段時期的創作開始和結束於兩個悲劇：《羅密歐與茱麗葉》是一部著名的浪漫悲劇，描繪了性慾躁動的青春期、愛情和死亡；《尤利烏斯·凱撒》基於一五七九年托馬斯·諾斯改編的羅馬時代的希臘作家普魯塔克作品《傳記集》（Parallel Lives），創造了一種戲劇的新形式。莎士比亞的研究學者詹姆斯·夏皮羅認爲，在《尤利烏斯·凱撒》中，各種政治、人物、本性、事件的線索，甚至莎士比亞自己創作過程時的想法，交織在一起互相滲透。

大約一六〇〇年到一六〇八年期間是莎士比亞的「悲劇時期」，儘管這段時期他還創作了一些「問題劇」（Problem plays）如《一報還一報》、《特洛伊羅斯與克瑞西達》和《終成眷屬》。很多評論家認爲莎士比亞偉大的悲劇作品代表了他的藝術高峰。第一位英雄當屬哈姆雷特王子，可能是莎士比亞創作的角色中被談論最多的一個，尤其是那段著名的獨白——「生存還是毀滅，這是一個值得考慮的問題」（To be or not to be; that is the question）。和內向的哈姆雷特不同（其致命的錯誤是猶豫不決），接下來的悲劇英雄們奧賽羅和李爾王，失敗的原因是做決定時犯下輕率的錯誤。莎士比亞悲劇的情節通常結合了這類致命的錯誤和缺點，破壞了原有的計劃並毀滅了英雄和英雄的愛人們。在《奧賽羅》中，壞蛋埃古挑起了奧賽羅的性妒忌，導致他殺死了深愛他的無辜的妻子。在《李爾王》中，老國王放棄了他的權利，從而犯下了悲劇性的錯誤，導致他女兒的被害以及格洛思特公爵遭受酷刑並失明。劇評家弗蘭克·克莫德認爲，「劇本既沒有表現良好的人物，也沒有使觀衆從酷刑中解脫出來。」《馬克白》是莎士比亞最短最緊湊的悲劇，無法控制的野心刺激著馬克白和他的太太馬克白夫人，謀殺了正直的國王，並篡奪了王位，直到他們的罪行反過來毀滅了他們自己。在這個劇本中，莎士比亞在悲劇的架構中加入了超自然的元素。他最後的主要悲劇《安東尼與克麗奧佩托拉》和《科利奧蘭納斯》，包括了部分莎士比亞最好的詩作，被詩人和評論家托馬斯·斯特恩斯·艾略特認爲是莎士比亞最成功的悲劇。

在他最後的創作時期，莎士比亞轉向傳奇劇，又稱爲悲喜劇。這期間主要有三部戲劇作品：《辛白林》、《冬天的故事》和《暴風雨》，還有與別人合作的《泰爾親王佩力克爾斯》。這四部作品與悲劇相比沒有那麼陰鬱，和一五九〇年代的喜劇相比更嚴肅一些，最後以對潛在的悲劇錯誤的和解與寬恕結束。一些評論家注意到了語氣的變化，將它作爲莎士比亞更祥和的人生觀的證據，但是這可能僅僅反映了當時戲劇流行風格而已。另外，莎士比亞還與他人合作了另外兩部作品《亨利八世》和《兩個貴族親戚》，極有可能是與約翰·弗萊切共同完成。

莎士比亞的著作對後來的戲劇和文學有持久的影響。實際上，他擴展了戲劇人物刻畫、情節敘述、語言表達和文學體裁多個方面。例如，直到《羅密歐與茱麗葉》，傳奇劇還沒有被視作悲劇值得創作的主題。獨白以前主要用於人物或場景的切換信息，但是莎士比亞用來探究人物的思想。他的作品對後來的詩歌影響重大。浪漫主義詩人試圖振興莎士比亞的詩劇，不過收效甚微。評論家喬治·斯泰納認爲從柯爾律治到丁尼生所有英國的詩劇爲「莎士比亞作品主題的微小變化」。

莎士比亞影響了托馬斯·哈代、威廉·福克納和查爾斯·狄更斯等小說家。狄更斯的作品中有25部引用莎士比亞的作品。美國小說家赫爾曼．梅爾維爾的獨白很大程度上得益於莎士比亞：他的著作《白鯨記》裡的亞哈船長是一個經典的悲劇英雄，含有李爾王的影子。精神分析學家弗洛伊德在他的人性理論中引用了莎士比亞作品的心理分析，尤其是哈姆雷特。

莎士比亞在世時從未達到推崇的地位，但是他得到了應有的讚揚。一五九八年，作家弗朗西斯．米爾斯將他從一群英國作家選出來，認爲他在喜劇和悲劇兩方面均是「最佳的」。劍橋大學聖約翰學院希臘神話劇的作者們將他與傑弗里．喬叟和埃德蒙．斯賓塞相提並論。

從一六六〇年英國君主復辟到17世紀末期，古典主義風靡一時。因而，當時的評論家大部分認爲莎士比亞的成就比不如約翰．弗萊切和本．瓊森。例如托馬斯．賴默批評莎士比亞將悲劇和喜劇混合在一起。然而，詩人和評論家德萊頓卻對莎士比亞評價很高，在談論本．瓊森的時候說，「我讚賞他，但是我喜歡莎士比亞。」幾十年來，賴默的觀點占了上風，但是到了18世紀，評論家開始以莎士比亞自己的風格來評論他，讚頌他的天份。四百多年以來，莎士比亞的作品生生不息，跨越時空、璀璨絢麗，難怪有人稱他是世界最偉大的文字魔法師！

國家圖書館出版品預行編目資料

羅密歐與茱麗葉／威廉・莎士比亞／著　劉清彥／譯
-- 二版 -- 新北市：新潮社，2020.04
面；　公分
譯自：Romeo and Juliet
ISBN 978-986-316-759-4（平裝）

873.43364　　109000963

羅密歐與茱麗葉

威廉・莎士比亞／著
劉清彥／譯

【策　劃】林郁
【制　作】天蠍座文創
【出　版】新潮社文化事業有限公司
電話：(02) 8666-5711
傳真：(02) 8666-5833
E-mail：service@xcsbook.com.tw

【總經銷】創智文化有限公司
新北市土城區忠承路 89 號 6F（永寧科技園區）
電話：2268-3489
傳真：2269-6560

印前作業　菩薩蠻、東豪印刷事業有限公司

初　　版　2020 年 04 月